AF198341

tredition®

Die Autorin wurde im September 1997 geboren, schreibt und veröffentlicht unter dem Namen Alice Easton Ihre Werke.
In Ihrer Freizeit widmet Sie sich dem Lesen, Zeichnen und Schreiben von Geschichten.

© 2021 Alice Easton

1. Auflage

Autor: Alice Easton

Umschlaggestaltung, Illustration: Alice Easton

Verlag & Druck: tredition GmbH, Halenreie 40-44, 22359 Hamburg

ISBN: 978-3-347-29834-7 (Paperback)

978-3-347-29835-4 (Hardcover)

978-3-347-29836-1 (e-Book)

Als Sam seine Mutter verlor geriet sein Leben aus allen Fugen. Bei seinem Vater lernte er ein Leben voller Gewalt. Bei seiner ersten Verwandlung wurde er verprügelt und in einen Käfig gesteckt.

Nathan ist der Alpha eines Rudels, welches er von seinem Vater übernommen hat. Als sie Gerüchte über einen Menschen hören, der Hunde quält, kann das Rudel dies nicht einfach
hinnehmen. Aber niemals hätte Nathan gedacht, dass in einem der Zwinger sein Gefährte gefangen ist.

Triggerwarnung

Dieses Buch enthält folgende Inhalte, die
Auslöser schwieriger Gefühle, Erinnerungen oder
Flashbacks seien können.
Bitte sei achtsam, wenn das bei dir der Fall ist!

Darstellung/Erwähnung körperlicher und
seelischer Gewalt
Essstörungen und Süchte (Alkohol, Drogen,
Zwänge etc.)
Selbstverletzung
Blut
Tierquälerei

you keep me safe

Alice Easton

Kapitel 1

„Hast du es schon gehört?" Fragend sah ich meinen Stellvertreter und Beta des Rudels an. Mit seinem kastanienbraunen Haaren und gleichfarbige Augen, ist er einer der gefragten Wölfe im Rudel. Seine muskulöse Statur half dabei zusätzlich noch einmal nach. Nicht nur die Frauen waren hinter ihm her, auch unsere Männer machten ihm regelmäßig schöne Augen. Für uns Wölfe war es vollkommen egal welches Geschlecht wir wählten. Wir wurden mit dem Glauben aufgezogen, dass uns das Schicksal einen Gefährten schickte, mit welchen wir uns verbanden und bis zum Tod beschützten sollten. Ich hoffte eher auf einen männlichen Gefährten, aber man erzählte sich, dass das Schicksal einen passenden Gegenpart auswählte, deswegen machte ich mir wenige Gedanken darüber und wartete auf diesen besagten Moment.

„Was gibt es denn Neues zu berichten Luis?" Meine Aufmerksamkeit lag währenddessen auf meinem Handy. Meine Mutter hatte mir geschrieben, dass ich mal wieder zum Essen kommen sollte. Sicher hatte mein Vater seine Finger im Spiel, da er es nicht lassen konnte seine Meinung zu sagen.

Er hatte jahrelang unser Rudel angeführt und das erfolgreich. Als ich 25 Jahre alt wurde, hatte er seinen Posten an mich übergeben und so wurde ich zum Alpha des Rudels. Das war nun auch schon wieder 6 Jahre her. Ich nahm ihn sein Verhalten nicht böse, er war besorgt und hatte in seinem Ruhestand einfach nichts anderes zu tun. Manchmal tauchte er einfach in Haupthaus des Rudels auf und besuchte mich in meinem Büro und kontrollierte meine Arbeit. Über sein Benehmen konnte ich nur schmunzeln.

„Nathan? Hörst du mir überhaupt zu?" Nein nicht wirklich, wie ich gestehen musste. Ich sah Luis an. „Könntest du es bitte wiederholen?"

„Es ist vor ein paar Wochen ein neuer Mensch in die Stadt, nicht weit von hier gezogen. Er ist in ein kleines Haus etwas außerhalb unterkommen. Die Menschen meiden ihn und er soll einen paar Hunde haben, die er nicht gut behandelt. Zumindest spricht sich dieses Gerücht herum." Mit solchen Menschen war nicht zu spaßen. Menschen die Tiere quälten waren das aller Letzte und schreckten oft vor nichts zurück.

„Soll ich dem Gerücht nach gehen?" Luis sah mich auffordernd an und ich nickte grimmig. „Wie viele Hunde sollen es denn sein?"

„Ich hab gehört es wären um die 10 Stück und die

sollen wohl in heruntergekommenen Käfigen leben."

Wenn Tiere in Spiel waren mussten wir etwas unternehmen, besonders bei Hunden. Wir sind diesen Tieren einfach viel zu nah.

„Bring etwas mehr in Erfahrung und dann kümmern wir uns um das Problem, wenn die Gerüchte stimmen."

„Natürlich Alpha." Mein Beta nickte und ging in eine andere Richtung. Ich ging zurück zum Haupthaus um die restliche Arbeit zu erledigen, welche ich am Vormittag hatte lieben lassen. Mein Handy piepte erneut.

Schreib deiner Mutter zurück, sonst muss ich es ausbaden, wenn du dich nicht mehr bei ihr meldest.

Natürlich. Er wollte mich doch genauso sehen. Augenrollend ging ich die Stufen nach oben und betrat das große Haus, welches für jedes Rudelmitglied offen stand.

Im Wohnzimmer saßen ein paar der jüngeren Wölfe auf dem Sofa und quatschten alle durcheinander, um einen Film zu bewerten der gerade im Fernsehen lief. Schmunzelnd ging ich weiter.

Oben in meinem Büro sah ich die Berge, welche ich durch die Fensterfront bestaunen konnte.

15

Schon als kleines Kind liebte ich diese Aussicht und konnte nicht genug davon bekommen.

Unser Rudel hatte ein schönes Stück Land, welches nicht von Menschen überbevölkert war. Dies war in der heutigen Zeit nicht selbstverständlich, aber mein Vater und mein Großvater hatte sich die größte Mühe gegeben, damit es diesen Frieden noch heute gab. Wir mussten zwar mit den Menschen handeln und unsere Jungwölfe gingen auf die Schule in der Stadt, aber es war eher eine überschaubare Gegend. In der Stadt gab es kleine Läden und einen etwas größeren Supermarkt, von dem wir regelmäßig kauften. Ansonsten hatten wir eher wenig mit den Menschen zu tun. Nur wenn das friedliche Leben in Gefahr war schalteten wir uns ein.

Einmal war eine Gruppe Krimineller hier gewesen und wollte sich in der Stadt verstecken. Dabei haben wir sie vertrieben und die Polizei mit eingespannt, damit war das Problem erledigt gewesen.

Die älteren Menschen in der Stadt sind davon überzeugt das Geister in den Wäldern leben und die Gegend beschützen. Ganz Unrecht haben sie ja nicht, wir beschützen diese Ländereien und verlangen dafür lediglich in Ruhe gelassen zu werden, bis jetzt hat es auch immer gut geklappt. Keiner stellt zu viele Fragen, wofür wir dankbar sind. Wenn die Menschen heraus finden würden, was wir sind kann keiner von uns garantieren was passieren würde. Vielleicht würden wir in irgendwelchen Käfigen eingesperrt werden. Oder Wissenschaftler würden an uns Experimente durchführen. Jedenfalls waren wir froh, dass die Menschen nichts vorn unserer Existenz wussten.

In unseren Körper leben wir, aber auch ein Teil von uns ist ein Wolf, der die Natur liebt und diese bewahren will. Einfach ausgedrückt sind wir Wandler, welche in die Gestalt eines Wolfes schlüpfen können.

Manchmal veranstalten wir Rudelläufe, damit die Tiere in uns Auslauf bekommen. Wir sind danach alle ausgeglichen und es fördert unser Rudelverhalten um einiges.

Wie aufs Stichwort meldet sich mein Wolf in mir mit einem Heulen. Er muss mal wieder etwas hinaus, ein Spaziergang auf zwei Beinen hilft da nicht immer und die Tatsache, dass ich schon ziemlich lange in diesem Büro hocke, macht es nicht besser.

Ich freue mich schon darauf ihn etwas hinaus zu lassen. In meiner Wolfgestalt bin ich genauso groß und muskulös gewachsen, wie in meiner menschlichen Gestalt.

Meine Haare haben dieselbe Farbe, wie das Fell. Schwarz wie die Nacht, und die dunkelbraunen Augen tun ihr übriges, um meinem Wolf eine stattliche Gestalt zu geben. Meine Ausstrahlung als Rudeloberhaupt hilft noch einmal zusätzlich nach.

Die Vorfreude in mir steigt, wenn ich nur daran denke mal wieder durch die Wälder zu ziehen. Aber leider macht mir ein gewisser Ton, den ich gerade vernehme einen Strich durch die Rechnung. Mein Handy piept erneut. Genervt rolle ich mit meinen Augen. Können es meine Eltern denn nicht lassen, ich hab ihnen doch geschrieben, dass ich zu ihnen am Wochenende zum Abendbrot komme. Es sind noch 2 Tage und die habe ich vollgestopft mit Arbeit noch hinter mich zu bringen.

Müssen reden. Dringend. Gerüchte stimmen.

Verdammt, dann wird es doch nichts mit etwas Auslauf. Schnell schrieb ich noch eine Nachricht an meinen Vollstrecker, schließlich gehörte er zu auch zu meinem inneren Kreis und musste sich die neuste Entwicklung mit anhören.

Ich musste nicht lange auf seine Antwort warten. Er war sofort zu Stelle, wenn ihn sein Alpha rief, wie auch in diesem Fall. Ich las seine Nachricht, die anzeigte, dass er sich unverzüglich hier eintreffen würde.

Luis war auch auf dem Weg und so wartete ich in meinem Büro auf meine beiden Freunde.

Kapitel 2

Luis saß angespannt auf dem Sessel mir gegenüber und knetete seine Hände. „Es sind 7 Hunde in engen Zwingern untergebracht. Abgemagert und ich bin mir ziemlich sicher, dass sie nicht gereinigt werden. Ihr Zustand ist wirklich schlecht." Unruhig huschte sein Blick im Zimmer umher.

Ich sah meinen Vollstrecker an und dieser nickte mir grimmig zu. Uns war klar, dass wir etwas unternehmen mussten.

„Wir sollten sofort etwas unternehmen, bevor die Hunde noch sterben." Er hatte vollkommen recht. Hannes war ein unglaublich guter Kämpfer und machte seinen Job als Vollstrecker des Rudels ausgezeichnet. Er war sozusagen das Schwert und Luis das Schuld, welches den Alpha des Rudels beschützten. Wir drei waren schon als Jungwölfe immer zusammen und uns war von Anfang an klar gewesen, dass wir dieses Rudel stark machen würden. Ich als deren Alpha und die Beiden als meine Hände, welche die Rudelgesetze durchsetzen würden.

Als wir noch klein waren haben wir uns gegenseitig unterstützt. Bei allem was wir angestellt hatten haben wir uns den Rücken gestärkt. Leider haben wir alle dafür Ärger bekommen, aber immerhin haben wir zusammen gehalten und darauf kam es an. So ist ein Rudel nun mal. Keiner wird im Stich gelassen. Jeder ist wichtig, vom kleinsten Wolf bis zum Alpha. Jeder hat seine Rolle, welche er vertritt. Unsere Gemeinschaft ist vielleicht auch deswegen eines der stärksten Rudel.

Einmal sind wir in die Rudelküche eingebrochen und haben unsere Bäuche mit allem vollgeschlagen was uns in die Pfoten fiel. Schließlich war reichlich da und das eine Feier zu Ehren von Gefährten, welche sich gerade gefunden hatten, stattfinden sollte war ein zusätzlicher Bonus gewesen. Es gab von allem etwas und dass eine mehrstöckige Torte im Vorratsraum stand, die unbedingt bei solch einer Feier von Bedeutung war, hatten wir damals nicht berücksichtigt. Außerdem hatten wir auch nicht bedacht, dass unsere Mägen so viel zu Essen auf einmal nicht aufnehmen konnten. Nachdem wir von meinem Vater erwischt worden waren und uns unsere Strafe abgeholt hatten, ging es uns allen so schlecht, dass wir zwei Tage lang nicht mehr aufstehen konnten, ohne dass uns bei der kleinsten Bewegung übel geworden war.

Hannes Worte brachten mich aus meinen

Erinnerungen zurück in die Realität und zu unserem aktuellen Problem.

„Es ist dunkel und keiner würde Fragen stellen, wenn dieser alte Mann verschwinden würde, selbst die Menschen sind ihm abgeneigt." Hannes war radikal, aber durchaus effektiv und er hatte nicht unrecht. Ich gab ihm mein Okay.

„Ich muss euch noch etwas sagen." Unser Blick ging zu Luis, der verstört aussah. Was war denn noch. So hatte ich ihn noch nie gesehen. Seine Pupillen waren geweitet und ich sah Angst in seinen Augen. Außerdem nach ich den Geruch von Furcht an ihm war.

„Ich war dort und hab noch etwas anderes gerochen. Es roch wie Wolf und ich bin der Spur gefolgt." Er musste schlucken, Hannes und ich sahen uns verblüfft an. Hatte der Bastard von einem Menschen auch noch einen Wolf, den er quälte. Es kam durchaus vor, dass Jäger ihre Beute fingen du sich danach damit bereicherten. Manchmal kam es sogar in den Nachrichten. Diese Welt war schon krank, besonders die Menschen, die sich an so etwas ergötzten.

„Ich kam zu einem Schuppen und es roch nach Blut. Es gab ein kleines Fenster, in welches ich hinein sah. Dort stand der Mann und verprügelte gerade einen jungen Mann mit einer Peitsche, der genauso abgemagert war, wie die Hunde in den Käfigen. Der Mann schrie den Jungen an, dass er sich zurück verwandeln sollte."

Geschockt saßen wir da. Hannes war der Erste, der das Wort ergriff. „Willst du damit sagen, dass er einen von uns hat, einen Wandler?" Luis nickte nur, sah mir direkt in die Augen. „Er wird nicht mehr lange durchhalten. Wir müssen sofort dort hin und ihn retten. Er war nur noch Haut und Knochen. Seine Atmung war ebenfalls schwach."

Ich sprang auf. „Wir gehen sofort. Nehmt noch ein paar gute Kämpfer aus dem Rudel mit und dann treffen wir uns dort. Wir können nicht zulassen, dass der Wandler stirbt und noch weiter leidet. Wir holen ihn jetzt dort heraus." Mit schnellen Schritten stürmten wir die Treppe hinunter und verwandelten uns in unsere Wolfsgestalt. Mein Wolf heulte und sprintete los. Mein Beta rannte direkt hinter mir und Hannes trommelte ein paar Jungs zusammen, die sich uns nach wenigen Metern anschlossen. Wie zu erwarten waren wir wie eine gut geölte Maschine. Auf meine Jungs war eben Verlass. Wir rannten durch die Wälder, immer näher zu dem herunter gekommenen Haus.

Eine Vorfreude durchflutete meinen Körper, die ich noch nie wahrgenommen hatte. Ich dachte aber nicht weiter nach und meine Beine trugen mich weiter, an meiner Seite mein Rudel.

Kapitel 3

Alles tat weh. Wieso konnte er es nicht einfach zu Ende bringen. Wie lange musste ich noch hier sein. Dass ich mich in meine menschliche Gestalt verwandelt hatte, hatte die ganze Sache noch mehr ausarten lassen. Er hasste es, wenn ich dies tat. Seit meiner Kindheit musste ich so sein.

Ich konnte mich noch genau daran erinnern, wie ich mich das erste Mal verwandelt hatte und auch an die darauffolgende Prügel. Seit diesem Tag lebte ich in einem Käfig und er verprügelte mich jeden Tag. Manchmal ist es nur ein Tritt in meinen Bauch, aber weil ich überall verletzt war und mein Körper nicht mit der Heilung hinterher kam, tat es nur noch mehr weh.

Seit ich 6 Jahre alt war musste ich hungern und mein abgemagerter Körper, so hatte ich gehofft, würde nicht mehr die nötige Energie aufbringen, um mich all das durchstehen zu lassen. Am Anfang war mein Fell weich und fast weiß, genau wie meine Haare, als ich ein kleiner Junge war. Jetzt ist es struppig und von Dreck und Fäkalien durchzogen, weil die Käfige so gut wie nie sauber gemacht wurden. Die echten Hunde neben mir sahen genauso aus. Allerdings starben sie schneller. Ich hatte schon einige von ihnen kommen und gehen sehen. Niedergeschlagen sah ich hinüber zu den Vierbeinern, die sich in ihre Ecken zurück gezogen hatten und darauf warteten, dass dieser schreckliche Mann erneut heraus kam und sich vielleicht erbarmte wenigstens etwas Wasser in die Näpfe zu geben.

Hätte ich mich doch nur nie verwandelt. Meine Augen wurden müde und ich versank in einen Traum.

„Sam?" Meine Mutter weckte mich jeden Tag und setzte sich an mein Bett und streichelte mir durch die hellen Haare, die fast weiß wie Schnee waren. Ihre Finger fuhren durch mein Haar und ich schlug langsam die Augen auf. Meine Mom war so schön. Ich hatte ihre Augen, die sofort strahlten, als ich sie sah. Blaue Augen, die im Sonnenschein schon fast Türkis wirkten. „Guten Morgen Mom." Müde rieb ich mir den Schlafsand aus den Augen. Sie beugte sich runter und küsste mich auf die Stirn. „Morgen Sammy." Ein kleines Lächeln zauberte sich in ihr Gesicht und steckte mich an. Ich liebte sie so sehr, mit ihr war alles besser. Auch wenn wir nur zu zweit waren kamen wir zurecht, schließlich hatten wir einander.

Es gab nur uns beide und das war gut so. Meine Mom hatte mir gesagt ich sollte nicht zu sehr nach meinem Vater fragen, weil es ihr einziger Fehler war. Dabei sah sie immer traurig aus und ich schlang meine kleinen Arme um sie, damit sie nicht mehr so aussah, als müsste sie gleich weinen. Dabei streichelte sie mir immer über die Haare und flüsterte mir in Ohr, dass sie es doch nicht bereuen würde, weil ich dabei heraus gekommen sei.

Diese Tage waren schön und ich vermisse jeden Tag ihren liebevollen Ausdruck der auf mein Gesicht gerichtet war. Warum musste es vorbei sein.

Der Traum wechselte und auf einmal saß ich auf einem harten Stuhl und Männer versuchten mit mir zu reden, aber was sollte ich sagen?

Die Männer sagten, dass meine Mom nicht mehr zurück kommen würde, weil sie einen Unfall mit einem Auto hatte. Die Fremden wollten wissen ob es noch jemanden gibt. Ich wollte es nicht hören. Wollte sie zurück. Wieso kam sie nicht einfach zurück. Es gab doch nur uns beide. Nur uns. Wir wollten immer zusammen sein.

Die Szene wechselte wieder und ich stand vor einem Haus. Ein Mann kam an die Tür und sah auf mich herunter. Er machte mir Angst. Er roch nach Zigaretten und Alkohol, wie die Leute die manchmal vor dem Supermarkt standen indem meine Mom und ich immer einkaufen waren. Aber ich würde nie wieder mit ihr dorthin gehen. Würde mir niemals wieder mein Lieblingsmüsli aussuchen können.

Die Frau, die mich herbrachte lächelte mich aufmuntert an und überreichte mich diesem Mann und sagte mir, dass ich ihn Vater nennen sollte.

Aber ich wollte nicht hier sein. Sollte doch nicht dort sein. Wollte bei meiner Mom sein. Wieso ist sie nicht hier? Ich will zu ihr.

Missgeburt.

Genauso wie die Mutter.

Ein Schlag ins Gesicht.

Ein Tritt in den Bauch.

Vor meiner Nase landeten die Rester von dem Hühnchen was er gegessen hatte. „Friss wie der Köter, der du bist."

Hatte Hunger. Ganz großen Hunger.

Nahm alles von Boden, was er mir hingeworfen hatte. Er zehrte mich an meinen Haaren hoch und ließ mich wieder fallen.

Noch einen Tritt in den Magen.

Und noch einer.

Meine Atmung beschleunigte sich.

Und noch ein Tritt.

Tränen liefen meine Wange herunter.

„Ja heul nur, du Missgeburt."

Noch ein Tritt.

Mein Magen rebellierte.

Alles kam wieder hoch.

„Widerlich."

Noch ein Tritt.

„Mach das weg."

Er packte mich und mein Gesicht landete im Erbrochenen.

Wollte das nicht.

Wieso?

„Mach es weg!" Der Schrei hallte in meinen empfindlichen Ohren wieder. Er drückte mein Gesicht noch mehr hinein.

Langsam nahm ich es in mich auf.

Wollte es nicht.

Wollte zurück.

Wollte zu ihr.

Warum war sie nicht mehr da?

Ich wachte auf. Mit tat alles weh. Mein Traum brachte mich durcheinander. Selbst in die Träume verfolgt er mich. Ich will nicht mehr. Wollte zu meiner Mom, die mich fiel zu früh verlassen hatte. Sie hatte mir einmal gesagt, dass sie immer an meiner Seite sein würde, aber nun war ich hier. Allein und verängstigt. Ich schloss erneut meine Augen und versuchte mich auszuruhen, bevor mein Vater wieder zu mir hinaus kam, um mich zu treten, zu schlagen oder was er sich auch immer neues ausgedacht hatte.

Ich versuchte noch einmal meine Kräfte zu sammeln, um die nächsten Stunden zu überwinden. Irgendwann würde er sich schlafen legen, dies waren die schönsten Stunden für mich.

Kapitel 4

Riecht ihr das?

Mein Beta sah zu mir hinüber. In unserer Wolfgestalt konnten wir uns per Gedanken unterhalten. Das lag daran, dass wir alle im selben Rudel waren und mit einander verbunden waren.

Ich weiß nicht was du meinst. Ich finde es stinkt.

Mein Wolf knurrte ihn an. Er durfte nichts über diesen Geruch sagen. Keiner durfte das, er riecht doch so gut. Wieso beleidigt er ihn?

Alles okay, Nathan? Was ist denn los?

Hannes mischte sich ein und sein rotbrauner Wolf stand neben mir.

Es riecht so gut. Nach Schokolade und Erdbeeren. Könnt ihr es denn nicht riechen?

Hannes und Luis sahen sich an, aber mein Blick lag auf dem Haus, welches wir durch die Sträucher sehen konnten. Die Hunde waren still, offenbar witterten sie, dass wir keine Gefahr darstellten und sie befreien wollten.

Eine Weile standen wir nun schon hier und beobachtet die Umgebung, um später nicht irgendwelchen Überraschungen zu begegnen. Langsam wurde mein inneres Tier unruhig. Plötzlich tat sich etwas, auch wenn es dunkel war, konnten wir alles genau sehen. Der Mann kam nach draußen und knallte dabei die Tür zu, was die Hunde aufregte, welche sich in die Ecken ihrer Zwinger geflüchtet hatten und leise vor sich hin winselten.

Der Mann ignorierte sie und ging immer weiter, bis er vor dem letzten Zwinger stehen blieb. Leider war dieser verdeckt und wir konnten nicht alles sehen. Aber meinem Wolf gefiel das Ganze gar nicht, er wollte los legen und dort hin. Ich spürte die Unruhe tief in mir drinnen und es zog mich in die Richtung des Mannes.

Müssen sofort loslegen!

Ohne auf mein Rudel zu warten pirschte ich mich an, um näher an den besagten Zwinger zu gelangen.

Der Geruch wurde immer intensiver, je weiter ich zu dem Mann ging. Die Hunde, an denen ich vorbei kam sahen ungesund und abgemagert aus. In deren Augen war der Glanz verschwunden und sie starrten vor sich hin. In einigen konnte ich aber auch die Hoffnung erkennen, irgendwann hier raus zu kommen. Lange mussten sie nicht mehr warten, denn mein Rudel würde dies nicht zulassen.

Endlich konnte ich einen Blick in den besagten Käfig werfen. Ich blieb stehen und war wie von Blitz getroffen.

Auf dem Boden lag ein unterernährter kleiner Wolf, welcher schwer atmete. Der Mann trat dem Wolf in die Seite "Wach endlich auf." Der Wolf lag winselnd am Boden und konnte kaum die Augen öffnen. Der Mann trat noch einmal nach ihm, aber diesmal härter. Mein Wolf knurrte und ich war ganz seiner Meinung. Niemand tat ihm weh. Wir müssen ihn doch beschützen.

Ich dachte nicht lange nach, denn meine Instinkte gewannen die Oberhand, und rannte in den Zwinger hinein, warf den Mann um und biss in sein Fleisch. Der Mann schrie und versuchte unter mir weg zu kommen, aber ich hatte mich festgebissen und knurrte tief in meiner Kehle, sodass mein ganzer Körper und auch seiner vibrierte.

Der Mann sah mich mit großen schock geweiteten Augen an. Augenblicklich war Hannes an meiner Seite und verwandelte sich zurück, bückte sich vor den scheußlichen Menschen. Er wollte seine Hände ausstrecken, um sein Genick zu brechen, schließlich war das auch eine Aufgabe als Vollstrecker. Dies konnte ich nicht zulassen, es war meine Aufgabe den Peiniger von dem kleinen schmächtigen Wolf zu beseitigen. Mein Vollstrecker hielt inne und zog seine Hände wieder zurück. Richtig so. Dieser Mann war meine Beute. Ich löste meinen Biss, nur um noch einmal zuzubeißen, doch diesmal gelangten meine Zähne in das Fleisch an seinem Hals. Ich spürte wie das Fleisch riss und die Gefäße, die sein Blut transportierten zerstört wurden, schmeckte es auf der Zunge und mein Wolf war zufrieden.

Langsam erlosch das Licht in den Augen des Mannes und ich löste endgültig meinen Griff.

Eine Blutlache bildete sich unter dem Körper, welche ich aber ignorierte, schließlich hatte ich wichtigere Dinge zu erledigen.

Ich verwandelte mich zurück und stand nackt vor dem kleinen Wolf. Sein Fell war zerzaust und schmutzig.

„Er sieht nicht gut aus und außerdem stinkt er bestialisch." Hannes beugte sich zu dem Kleinen herunter und wollte ihn nach Verletzungen abtasten. Mein Wolf lauerte unter der Oberfläche und knurrte meinen Vollstrecker und Freund an, der eilig ein paar Schritte zurück ging. „Nathan?" Luis versuchte auf mich einzureden, aber ich hatte nur noch Augen für meinen kleinen Wolf. Zudem wurde er von Hannes beleidigt, dass konnte ich nicht so einfach durchgehen lassen, selbst wenn sie meine Freunde waren.

„Luis lass ihn. Er beschützt nur seinen Gefährten. Komm keinen von beiden zu nahe." Hannes hatte die Situation offensichtlich jetzt erkannt. Der kleine Wolf mit dem völlig verschmutzten Fell war mein Gefährte. Mein Ein und Alles. Mein.

Vorsichtig bückte ich mich zu der zusammengerollten Gestalt am Boden und streichelte zärtlich durch sein Fell.

Der Kleine winselte nur noch und seine Augen weiteten sich. Angst stand in diesen, aber ich wollte nicht dass mein Gefährte Angst vor mir hatte. Er sollte sich freuen. Ich würde ihn von nun an immer beschützen und das vor allem und jeden der ihm ein Leid antun wollte.

„Ich tue dir nichts. Alles wird gut." Langsam entspannte sich der Körper des Kleinen und seine Augen fokussierten mich. So unglaublich blau.

Mein Gefährte hatte wunderschöne Augen. Sie waren so blau wie ein Bergsee, in dem die Sonne hinein schien.

„Ich bringe dich jetzt hier weg. Du bist bei mir in Sicherheit." Mehr musste er offensichtlich nicht hören, denn augenblicklich schlossen sich seine Augen und die Atmung stabilisierte sich. Er musste wahnsinnig erschöpft sein, aber jetzt musste er sich um nichts mehr kümmern. Ich war ja bei ihm.

„Alpha. Wir haben die Polizei gerufen und diese ist unterwegs. Es wird so aussehen, als hätte ein

Hund ihn angegriffen und wäre jetzt abgehauen. Wir müssen jetzt gehen." Luis ging mit vorsichtigen und bedachten Schritten auf mich und meinen Gefährten zu, um zu signalisieren, dass er keine Gefahr für uns darstellte.

„Wir müssen ihn jetzt mitnehmen. Du solltest ihn tragen, ich glaube das es auch anders nicht möglich ist oder?" Mit einem besänftigenden Lächeln sah er mich an.

Er hatte recht. Es ist nicht anders möglich, ich würde es nicht zulassen, dass jemand anderes als ich ihn trägt, das würde bedeuten das ein anderer in anfassen müsste, und dies war mir und meinem Wolf zu viel Nähe. Wir waren noch nicht offiziell verbunden und dies bedeutete, dass mein Wolf noch mehr verrücktspielen würde, bis der besagte Moment kommen gekommen war.

Vorsichtig hob ich meinen kleinen Wolf hoch und musste feststellen, dass dieser fast gar nichts wog. Ich wollte mir gar nicht vorstellen wie es um ihn stand. Wie lange hatte er so leben müssen. Das erste was er Zuhause von mir bekam, war ein gutes Essen, damit er wieder zu Kräften kam.

Ab jetzt würde alles gut werden. Von weiten konnte ich schon die Sirenen der Polizei hören und das bedeutete wir mussten hier weg. Die Autos waren zwar noch ein gutes Stück entfernt, aber sicher war sicher. Unser Gehör war nun einmal außerordentlich gut ausgeprägt, dies las auch an unserem Tier in uns.

Das Rudel zog sich zurück. Ich gab meinem Gefährten einen Kuss auf seinen Kopf und trug den Wolf in unser gemeinsames Zuhause.

Kapitel 5

Wo war ich? Es war warm und weich. Träumte ich, wenn ja wollte ich nicht mehr aufwachen.

„Er wacht auf?" Was sind das für Stimmen? Panik erfasste mich und ich spannte meinen Körper an. Jetzt kam sicher gleich ein Tritt in meinen Bauch oder er würde gleich die Peitsche heraus holen. Was er sich auch immer für grausame Spiele ausgedacht hatte, es war eins schlimmer als das andere. Er gab mir keine Ruhe.

„Du bist in Sicherheit. Ich bin da." Diese Stimme kannte ich doch von irgendwo her. Ich hatte sie schon einmal gehört. Er duftete so gut. Habe lange nicht mehr so etwas Gutes gerochen. Hab ich eigentlich jemals so etwas gerochen? Kommt mir wie eine Ewigkeit vor. In den Zwingern roch es immer unangenehm und der Gestank stach mir in die empfindliche Nase, aber heute war es anders.

„Komm schon Kleiner, mach deine Augen auf." So eine zärtliche Stimme. Vorsichtig öffnete ich meine Augen und sah drei Männer vor mir, die mich interessiert beobachteten. Ich winselte und versuchte weg zu robben. Mein ganzer Körper tat mir weh.

„Nein, keine Angst. Wir tun dir nichts." Schon wieder diese Stimme. Der Mann vor mir streckte seine Hand aus und ich winselte nur noch lauter. Jetzt kam gleich ein Schlag und dann der nächste, bis ich wieder in die nächste Ohnmacht viel.

„Shhh. Alles gut." Seine Finger gingen durch mein struppiges Fell und ich sehnte mich nach seinen Berührungen. Warte. Was?

Erschrocken über diesen Gedanken riss ich meine Augen auf. Der Mann lächelte mich zärtlich an und kraulte mich weiter. Er tat mir nicht weh. Diese Gefühle waren neu und ich konnte es nicht glauben.

„So ist ein guter Junge." Meine Rute wedelte leicht. Mich hatte noch niemand gelobt, außer meine Mutter. Ich wollte für ihn gut sein. Wollte dass er mich weiter lobt und streichelt.

„Er erkennt dich als deinen Gefährten." Ein Mann mit rotbraunen Haaren kam einen Schritt näher und zerstörte den Moment. Nein, es sollte noch nicht enden. Auch wenn mich der Mann mit Leichtigkeit zusammenschlagen könnte, knurrte ich ihn an. Warum hatte er diesen wundervollen Moment kaputt gemacht. Ich wollte weiter gelobt und gestreichelt werden. Was dachte sich dieser Mann dabei?

„Der Kleine ist ziemlich mutig." Der dritte Mann kam auch näher und beugte sich etwas über mich. Alle sahen belustigt aus.

Mein Streichelkumpane zog seine Finger weg und ich winselte, wollte wieder seine Aufmerksamkeit. Wollte wieder seine liebevollen Streicheleinheiten. Er sollte mich weiter anfassen. Warum hatte er aufgehört? Hatte er nicht bemerkt, dass ich mich danach sehnte und dass es mir gut tat?

„Kleiner du solltest dich verwandeln. Wir tun dir nichts. Außerdem müssen wir doch wissen wie du heißt und wo du her kommst."

Diese liebliche Stimme bringt mich noch um den Verstand. Mit meinen Vorderpfoten und meinen Kopf versuchte ich vorsichtig zu ihm zu gelangen. Seine Hand legte sich wieder auf meinen Kopf und ich wedelte mit meiner Rute, schloss die Augen. Genoss meine Streicheleinheiten. Ich war einfach zu lange in meiner Wolfsgestalt geblieben. Hatte so vieles von dieser Welt vergessen. Wusste nicht mehr wie lange ich in dem Käfig gelebt hatte.

„Warum verwandelt er sich nicht zurück?" Sanfte dunkelbraune Augen sahen mich voller Sorge an. Er sollte sich keine Sorgen machen. Bei ihm ging es mir gut. Seit so langer Zeit hatte ich etwas weniger Angst.

„Vielleicht kann er es ja nicht." Der Mann mit dem rotbraunen Haaren ging neben den netten Mann in die Knie und kam mir viel zu nah.

Ängstlich kroch ich, mit eingeklemmtem Schwanz von ihm weg. Dass ich dabei meinen Retter verlies gefiel mir zwar nicht, aber die anderen durften mir nicht zu nahe kommen. Leider erreichte ich die Ecke des Raumes und kam folglich nicht mehr weiter.

„Vielleicht sollten wir gehen." Der Mann mit dem kastanienbraunen Haaren hatte Recht. Ich spitzte meine Ohren, da sich alle drei Männer von mir entfernten und anfingen leise zu sprechen. Selbst mit meinem Gehör musste ich mich ziemlich anstrengen alles zu verstehen.

„Nathan du solltest vorsichtig mit ihm sein, er scheint in einer noch schlimmeren Verfassung zu sein als wir angenommen haben."

Dieser knurrte. „Sag mir nicht wie ich mit meinem Gefährten umgehen soll." Der andere hielt die Hände beschwichtigend in die Höhe. Der nette Mann hieß also Nathan, ein schöner Name. „Ich weiß, dass ich dazu nichts zu sagen habe, aber er verwandelt sich nicht und offensichtlich hat er vor uns solche Angst, dass wir ihn noch nicht einmal angucken dürfen ohne das er Panik verspürt."

„Und was soll ich deiner Meinung nach tun? Einfach warten und hoffen, dass er sich irgendwann mal verwandelt und nicht gleich wegkriecht wenn er mal schief angeguckt wird?"

41

Alle drei verfielen in Schweigen. Ich verstand nicht ganz was sie alle von mir wollten. War ich so nicht genug?

Es klopfte an der Tür. Kam jetzt etwa noch jemand? Wie viele denn noch? Ich drückte mich noch weiter in die Ecke.

Eine weibliche Stimme. Die letzte weibliche Stimme die ich gehört hatte, war eine Frau welche mein Vater mit nach Hause gebracht hatte. Wieder strömten Erinnerungen auf mich ein, die ich am liebsten vergessen hätte.

„Sieht widerlich aus." Die dürre Frau mit dicken Brüsten stand vor dem Käfig und sah mich von oben bis unten an. Ängstlich sah ich mich um, aber mein Vater sah mich nur mit diesen kalten Augen an. Er würde mir nicht helfen. Niemand würde das.

„An dem ist doch gar nichts mehr dran. Nur noch Haut und Knochen. Was soll ich mit so einem hässlichen Ding? Der ist nur noch Abfall."

Mein kleiner Körper begann zu zittern und mein Vater stieß mit seinem Fuß gegen den Käfig, der zu wackeln anfing. Es war kurz nachdem ich mich verwandelt hatte, zumindest glaubte ich das, denn ich hatte noch in den Käfig gepasst, den er im Haus aufbewahrte. Als ich größer wurde, hatte er mich in einen Zwinger untergebracht, der zu meinem Entsetzten zu allen Seiten offen war, sodass ich Regen und Sturm ausgesetzt war. Auch heiße Sommertage waren die Hölle, da ich so gut wie nicht zu trinken bekommen hatte.

„Wir könnten ihn eventuell noch als Kampfhund verwenden." Die Frau sprach weiter mit meinem Vater. „Der fällt um, noch bevor man ihn in den Ring lässt." Mein Vater fing an zu lachen. Offensichtlich fand er die Vorstellung amüsant.

„Höchstens 20." Der Mann hörte auf zu lachen und sah entgeistert aus. „Zwanzig Mäuse. Mehr nicht?"

Keine Ahnung wie lange es so weiter ging aber irgendwann schmiss er die Frau hinaus und behielt mich doch bei sich. Ob dies das bessere Los war konnte ich nicht sagen.

Am Abend packte er seinen Alkohol aus und betrank sich. Mit jedem weiteren Schluck wurde er aggressiver und ich bekam es zu spüren.

Von dieser Nacht besitze ich nicht nur die Erinnerung, sondern das Hinken meiner linken Vorderpfote. Er hatte eine leere Flasche aufgeschlagen und diese in mein Fleisch gepresst. Ich dachte mir würde die Pfote abfallen, aber nach Wochen des Bangens heilte die Wunde langsam zu. Es war ein Wunder, dass sich die Verletzung nicht infiziert hatte.

„Hier hast du etwas zu essen." Die freundliche Stimme holte mich zurück. Er war mein Anker.
Der Geruch von Fleisch wehte mir in die Nase. Auf einem Teller lagen Fleisch und Kartoffeln. Vorsichtig schnupperte ich daran. Durfte ich dies einfach so essen?
Ich sah mit großen Augen auf und legte meinen Kopf schief, damit dieser nette Mann, namens Nathan mir ein Zeichen gab.
Er bückte sich. Jetzt nahm er es mir sicher wieder weg. Ich ließ meine Ohren sinken. Ich hatte doch solchen Hunger. Seine Hand schob aber den Teller näher zu mir heran, sodass er fast an meine Nase stupste.
„Na los, du hast doch sicher großen Hunger." Dies ließ ich mir nicht noch einmal Sagen. Schnell schlang ich das Essen herunter, ohne etwas davon zu schmecken. Diesen Luxus hatte ich noch nie gehabt. Wer wusste schon wann ich als nächstes etwas bekam, also nichts wie runter damit. Mein Teller war in wenigen Sekunden geleert und ich leckte mir die Reste ab, welche sich um meiner Schnauze angesammelt hatten. Ich leckte noch einmal den Teller ab, damit auch jedes Stückchen in meinem Magen landete. Als ich fertig war

nahm man den Teller weg und war seit einer langen Zeit einmal wieder satt. Ich durfte mich nur nicht daran gewöhnen.

Kapitel 6

„Das wird schwieriger als gedacht." Diese Erkenntnis laut auszusprechen hatte ich zwei Tage vor mich her geschoben. Eigentlich sollte ich heute bei meinen Eltern sein, aber durch die gegebenen Umstände mit meinem Gefährten konnte ich nicht weg. Ich versuchte so oft bei ihm zu sein wie es möglich war. Meine Eltern hatten mich verstanden, als ich ihnen alles am Telefon erzählt hatte. Wieso auch nicht. Sie waren selbst Gefährten und verstanden sich in und auswendig. Die Beiden konnten ohne den jeweils Anderen nicht existieren. Dies war bei Gefährten immer so. Die Verbindung zu einem Gefährten konnte manchmal sogar so stark werden, dass wenn einer von Beiden starb, der Andere folgte, weil er ohne den anderen Teil von der Verbindung nicht mehr leben konnte.

Ich hatte meinen Gefährten aus dem Haupthaus in mein eigenes bescheidenes Haus gebracht. Es lag nicht weit weg vom Haupthaus und nahe an dem See, welchen wir bei uns hatten. Ich trat ins Freie und die Sonne spiegelte sich in der Oberfläche des Sees wieder. Ich hing meinen Gedanken nach.

Schon nach wenigen Stunden nach der Rettungsaktion hatte mein Beta so einige

Informationen über meinen Gefährten und diesen Mann in Erfahrung gebracht.

Jonathan Funch, 48 Jahre alt. Lebte allein, bis vor 16 Jahren, als er seinen Sohn aufgenommen hatte, welcher seine Mutter verloren hatte. Über den Sohn war nicht viel bekannt gewesen, außer dass er mit sechs Jahren zu dem Mann gezogen war. Sam Funch stand im Register, der Name der Mutter war nicht auffindbar. Zudem gab es keinerlei Informationen über das weitere Leben des Sohnes. Das Jugendamt, welches sich um solche Fälle kümmerte, war sicher froh den Vater gefunden zu haben. Damit war der Fall für diese Menschen sicher beenden gewesen. Ein Kind weniger, um das sie sich kümmern mussten.

Wir hatten eins und eins zusammengezählt. Sam Funch war mein Gefährte und wurde von seinem Vater misshandelt. Mit blutete das Herz wenn ich an meinen kleinen Wolf dachte.

Offensichtlich hatte er wenig Liebe in seinem Leben erfahren, aber ich war bereit ihm diese in jeder Lebenslage zu geben.

Nachdem wir die Informationen zusammen getragen hatten, hatte ich meinen Gefährten in unser Haus gebracht.

Als erstes hatte ich ihm ein warmes Bad gegönnt. Er ließ es über sich ergehen, er schien es richtig zu genießen. Ich wollte nicht wissen wie lange er nicht mehr so verwöhnt wurde, nach dem Dreck, welcher aus seinem Fell heraus gewaschen worden war.

Nach dem Bad glänzte sein Fell und es war fast weiß wie Schnee. Er sah wunderschön aus mit dieser reinen Farbe und den fast türkisfarbigen Augen.

Ich hörte Schritte, weggerissen aus meinen Gedanken, und sah mich um. Ich war sofort in Alarmbereitschaft und wollte im schlimmsten Fall meinen Gefährten verteidigen, welcher sich im Haus befand. Er schlief darin friedlich und erholte sich von den Wunden, welche er immer noch hatte und die nicht richtig verheilt waren. Am schlimmsten war die linke Vorderpfote, mit der er immer noch hinkte. Um die Ecke kamen meine Eltern zu mir. Sie konnten doch nicht weg bleiben. Ich atmete einmal tief durch und ging auf die Beiden zu.

„Hallo Sohn. Ich dachte mir du brauchst etwas Abwechslung." Mein Vater klopfte mir auf die Schultern und zog mich danach in eine kräftige Umarmung. Das hatte ich gebraucht, auch wenn ich zunächst nicht begeistert über ihren Besuch war. Meine Eltern wussten eben immer, wie sie mich aufmuntern mussten.

„Ich werde erst einmal etwas kochen gehen. Dein Gefährte und du müsst doch bei Kräften bleiben." Meine Mutter zauberte mir ein Lächeln ins Gesicht. Sie glaubte in jeder Situation, dass ein gutes Essen die Lösung für all unsere Probleme war. Wenn es wirklich so wäre, wäre die Welt ein besserer Ort.

„Nun lass uns nicht so stehen. Komm wir gehen hinein zu deinem Gefährten." Mein Vater sah mich mit solch einer Kraft an, welche ich in den letzten Tagen beinahe verloren hatte. Ich musste für mein Rudel und meinen Gefährten stark bleiben.

„Ich weiß nicht mehr was ich tun soll. Er isst zwar gut, aber er verwandelt sich einfach nicht zurück. Wenn noch jemand im Raum ist kann er sich erst gar nicht entspannen." Ein Seufzen entfuhr mir. Ich wollte nicht wissen, wie viele ich davon in den letzten Tagen ausgestoßen hatte.

„Wie wäre es wenn wir uns deinen Kleinen erst einmal ansehen gehen. Ich bin sicher er ist ein ganz toller Gefährte." Meine Mutter ging an mir vorbei und betrat die offene Wohnküche. Im Kamin brannte ein Feuer, welches die nötige Wärme spendete. Zwar war es draußen ebenfalls warm, aber da mein Gefährte so wenig wog und dadurch schnell fror, ging ich kein Risiko ein.

Manchmal legte er sich vor das Feuer und schlief dort friedlich ein.

Meine Mutter guckte in alle Schränke und nahm sich die benötigten Utensilien zur Hand, die sie zum kochen brauchte.

Mit meinem Vater ging ich vorsichtig in den Raum, wo mein Gefährte schlief und sich ausruhte. Auch wenn die Tür immer offen war, kam er nur selten heraus. Vielleicht hatte er einfach zu viel Angst.

Die Aufmerksamkeit meines Gefährten lag auf uns und seine blauen Augen beobachteten jede Bewegung, schließlich hatte er meinen Vater noch nie vorher gesehen und war dadurch in Alarmbereitschaft, was ich an seinen angespannten Muskeln sehen konnte.

„Guten Tag. Ich bin Jonas. Ich bin der ehemalige Alpha dieses Rudels und der Vater deines Gefährten. Es freut mich deine Bekanntschaft zu machen"

Der Körper des Wolfes spannte sich an und zog sich zurück. Fragend sah ich auf ihn herunter. Was hatte mein Vater falsches gesagt. Er war sachlich und freundlich geblieben. Hatte ihn weder beleidigt noch sonst etwas Abfälliges gesagt.

Mein Vater ging weiter auf ihn zu. Selbst mir war

der Abstand der Beiden zu nah.

„Pa." Mein Vater sah mich belehrend an. Was wollte er von mir? Der richtete seinen Blick wieder auf meinen Gefährten und verbeugte sich leicht. Schockiert beobachtete ich die Szene, die sich vor mir abspielte. Ich kannte meinen Vater als stolzen Alphawolf. Ich konnte mich nicht daran erinnern ihn einmal gesehen zu haben, wie er sich vor jemanden verbeugte. „Ich habe ebenfalls eine Gefährtin, die ich jeden Tag beschütze und umsorge. Ich kann meinen Sohn also verstehen, dass er sehr vorsichtig mit dir umgeht." Lächelnd sah er auf meinen Gefährten, der sich allmählich entspannte und immer wieder zu mir blickte.

„Wie wäre es wenn ich dir meine Frau vorstellte. Sie ist dabei uns etwas Leckeres zu kochen." Verblüfft sah ich, wie mein Gefährte aufstand und zu uns hinkte. Seine Vorderpfote machte ihm schwer zu schaffen, auch mein Vater bemerkte diese, sagte aber nichts dazu. Er warf mir lediglich einen verwirrten Blick zu, den ich mit einem Nicken abtat. Ich würde es ihm später erklären.

Zu dritt gingen wir in die Wohnküche, in der es schon wunderbar duftete. Meine Mutter wusste wie man kochte.

„Ich hoffe ihr habt Hunger, es ist doch mehr geworden als gedacht." Meine Mutter strahlte und steckte uns mit ihrer guten Laune an.

Mein Gefährte schnupperte und sah mich fragend an. Ich nickte ihm zu und versicherte ihm, dass keine Gefahr bestand.

Kapitel 7

Nathans Mutter konnte wirklich sehr gut kochen. Ich schlang alles hinunter was mir vor die Nase kam. Ich konnte noch nicht einmal sagen, was es genau war. Ich hatte immer nur irgendwelche Rester von meinem Vater bekommen und die verschiedenen Speisen waren für mich etwas komplett Neues. Alles was ich bisher von Nathan bekommen hatte war ausgezeichnet und ich brauchte keine Angst zu haben, denn hier musste ich nicht hungern. Er gab mir regelmäßig großzügige Portionen und wenn ich ganz großen Hunger hatte, gab er mir sogar noch einmal Nachschlag.

Ich wedelte dann immer mit der Rute und Nathan lächelte mich liebevoll an. Seine Augen strahlten dann immer voll Glück und Liebe.

Ich leckte mir die Schnauze und legte mich nah zu Nathans Füßen, damit ich seine Wärme spüren konnte. Er war wirklich ein ganz lieber Mensch und ich wollte ihn nie wieder verlassen. Mein Wolf sah es genauso und winselte immer wenn unser Gefährte fort ging. Ich verstand das nie. Was wollte er denn machen?

Ich wartete immer auf ihn und war froh wenn er bei mir war. Er streichelte mich immer und lobte mich für die einfachsten Dinge.

Genüsslich schloss ich meine Augen und döste vor mich hin.

Seine Eltern saßen auch am Tisch und die drei unterhielten sich. Ich hörte nicht wirklich zu, hörte nur auf den Herzschlag meines Gefährten. Ich wusste nicht genau was ein Gefährte war, aber alle redeten davon und so nannte ich Nathan auch so. Meinem Wolf und mir gefiel dies sehr gut.

„Wieso gehen wir nicht ein Stück raus?" Nathans Vater war sehr dominant und er legte diesen Ton in seine Stimme. Vorhin hatte er versucht diesen zu unterdrücken, damit ich aus dem Zimmer kam, aber im Laufe des Gesprächs stach dieser wieder hervor.

Ich legte mich eng an Nathan, denn ich brauchte seine Sicherheit, die er mir jede Minute, seit ich bei ihm bin, bot.

Mein Gefährte merkte sofort, dass etwas nicht stimmt und streichelte mir zärtlich über mein Fell. Ich legte meinen Kopf in seinen Schoß, damit er besser an mich heran kam, gab mich seiner Berührung hin.

„Er ist sehr anhänglich und weiß wohl instinktiv, dass er dein Gefährte ist."

Gut dass sie es alle erkannten, dies bedeutete dass sie meinem Nathan nicht zu nahe kamen.

Ich wedelte wieder mit meiner Rute und seine Augen ruhten auf mir.

Seine Eltern sprachen noch eine ganze Weile mit ihm. Mit wurde wieder kalt und ich ging träge zu dem Feuer, welches mein Gefährte immer anzündete, damit ich nicht fror. Er hatte mir sogar eine Decke davor gelegt, damit ich mich nicht auf dem harten Boden legen musste.

Ich rollte mich zusammen und genoss die Wärme, welche von dem Feuer kam. Langsam wurde ich müde und ich gähnte, schloss die Augen und schlief ein.

Ich hatte keine Angst, weil mein Gefährte im Raum war, er würde mich beschützen.

Wir lagen zusammen im Bett und ich kuschelte mich eng an meine Mutter, die darüber schmunzelte. Meine Mutter sagte immer zu mir, dass dies ganz natürlich war, denn wir brauchten diese Nähe zueinander, es lag in unseren Genen. Ich habe dies nie verstanden, aber ich glaubte meiner Mutter, denn sie hatte immer recht. Sie wusste immer was gut für mich war. Schließlich war sie meine Mutter. Es war schon spät und wir waren an diesem warmen Abend lange im Garten geblieben und hatten uns die Sterne angesehen. Die Glühwürmchen tanzten über die Wiese und ich sprang durch das weiche Gras. Meine Mutter saß auf einer Decke und beobachtete die Szene, welche sich vor ihr abspielte. Aber es wurde immer später und langsam auch kälter, also entschied sie, dass ich ins Bett musste. Ich fand dies nicht gut, wollte noch mehr laufen, noch mehr riechen, noch mehr sehen. Aber ich konnte meiner Mutter nicht böse sein, ich hatte sie doch so lieb.

Sie nahm mich hoch und trug mich ins Bett, wo sie sich dazu legte. Sie strich mir durchs Haar und fing an mir eine Gute Nacht Geschichte zu erzählen.

„Vor vielen Jahren gab es eine Frau, welche in die Wälder ging. Sie war von Zuhause weg gelaufen. Dort ging es ihr nicht gut und deshalb wollte sie so weit weg wie es möglich war. In dem Wald war es dunkel und sie hatte keine Ahnung wo genau sie hin ging, aber etwas zog sie magisch an." Ich sah meine Mutter mit großen Augen an und ich hing an ihren Lippen. Denn manchmal zog es mich auch in die Natur, dann wollte ich durch den Wald rennen und fangen spielen. Wenn ich dies meiner Mutter erzählte lächelte sie mich immer liebevoll an. „Die Frau war mehrere Tage unterwegs und irgendwann kam sie zu einer Höhle. Dort ruhte sie sich aus und schlief ruhig ein. Es wurde dunkel und die Sterne standen hoch am Himmel, der Mond schien genau auf ihre Gestalt in der Höhle, da sie sich nicht getraut hatte weiter in diese hinein zu gehen, da sie befürchtete, dass Tiere darin leben würden."

„Haben die Sterne und der Mond auch so gestrahlt wie heute Nacht?" Meine Mutter sah mich mit ihren blauen Augen an und nickte. „Genau Sammy. Wie heute Nacht." Sie gab mir einen Kuss auf die Stirn und erzählte weiter.

„Plötzlich hörte sie ein Knurren und die Frau bekam Angst. Ein paar Wölfe näherten sich der Frau und versuchten sie zu beißen. Ein besonders großer Wolf konnte sie packen und biss sie in ihr Bein." Meine Augen weiteten sich. Das war keine schöne Geschichte. Geschichten hatten doch ein schönes Ende.

„Keine Angst Sammy, die Geschichte geht noch weiter." Meine Mutter fühlte meine Sorgen und beruhigte mich.

„Die Wölfe waren von ihrem Schrei, den sie ausstieß, erschrocken und zogen sich wieder zurück. Die Frau lag dort und hoffte auf ein Wunder. Ihr Bein tat weh und sie konnte nicht aufstehen. Sie lag mehrere Tage so da und wartete. Die Frau hatte ein paar Beeren und etwas Wasser in ihrer Tasche, von der sie sich ernährte, aber diese wurden immer weniger und sie befürchtete das Schlimmste. In einer Nacht stand der Mond wieder über ihr und schien genau auf sie herab. Sie blickte hinauf und verlor sich in der Helligkeit. Die Frau war müde und hatte Hunger, sie wusste, dass sie es nicht mehr lange durchhalten würde. Sie schloss die Augen und träumte. Sie war ein Wolf und rannte durch den Wald. Der Mond stand über ihr und schien genau wie zuvor bei ihr. Sie rannte immer weiter und weiter, bis sie sich einen Hasen fing, weil sie so großen Hunger hatte. Sie trank aus einem Bach und überwand ihren Durst. Langsam wurde sie müde und rannte zurück. Sie ging immer und immer weiter bis sie zu einer Höhle kam. Sie legte sich hinein und schlief ein, dabei schien der Mond auf sie und noch nie hatte sie so gut geschlafen." Mit offenem Mund saß ich im Bett und horchte gespannt, wie die Geschichte weiter gehen würde. „Als die Frau in der Höhle wieder wach wurde, hatte sie auf einmal keinen Durst und Hunger mehr. Auch ihr Bein war verheilt. Sie stand auf und sah sich um. Die Frau trat aus der Höhle und fragte sich was los war. Sie dachte, dass sie alles nur geträumt hatte. Die Frau ging durch den Wald und sammelte ein paar Beeren und Nüsse, füllte ihr Wasser auf und ging wieder in die Höhle. Sie war müde vom vielen laufen und legte sich hin, um etwas zu schlafen. Als sie munter wurde, war der Mond bereits aufgegangen. Sie sah hinaus in den Wald und stellte fest, dass sie alles sehen konnte, auch wenn es bereits Nacht war. Auch das Rascheln der Kaninchen und Mäuse in den Büschen vor ihrer Höhle konnte sie hören, selbst riechen konnte sie es. Die Frau sah sich um und stellte fest, dass sie kein Mensch mehr war, sondern ein Tier. Sie hatte vier Pfoten, eine Rute und weißes Fell, welches im Mondschein leuchtete. Die Frau hatte also nicht geträumt. Sie war ein Wolf." Aufgeregt sprach ich auf dem Bett herum und warf mich in die Arme meiner Mutter, die mir lachend über den Kopf fuhr. „Mommy. Mommy. Das ist eine ganz, ganz, ganz super tolle Geschichte. Wie geht es weiter?"

„Die Frau zog in ihrer neuen Gestalt durch die Wälder und wenn sie es musste, verwandelte sie sich zurück in einen Menschen. Sie konnte sich also in einen Wolf oder einen Menschen verwandeln. Irgendwann fand sie einen Menschen, den sie sehr mochte. Die beiden verliebten sich. Die Frau liebte ihn so sehr, dass sie ihm ihr Geheimnis anvertraute. Der Mann liebte sie danach noch viel mehr uns die beiden bekamen mehrere Kinder, die sich auch in Wölfe verwandeln konnten. Die Familie lebte glücklich zusammen. Sie waren in die Wälder hinaus gezogen und genossen die Umgebung. Die Kinder konnten sich ungestört verwandeln und in ihrer Wolfsgestalt spielen."

Meine Mutter stoppte und ich sah sie fragend an. War die Geschichte den schon zu Ende?

„Ist das das Ende?" Ich sah meine Mom traurig an, sie legte mich ins Bett und deckte mich zu. „Nein Sammy. Die Geschichte geht noch weiter und ist ganz lang, aber du musst jetzt schlafen, es ist schon sehr spät."

Ich verzog meine Lippen und schmollte. Schließlich wollte ich wissen wie es weiter geht. „Keine Angst Sammy. Den Rest erzähl ich dir Morgen."

Ein nächstes Mal gab es nicht, weil sie dann nicht mehr zurück kam. Dies war meine letzte Gute Nacht Geschichte von ihr. Ich wusste nicht wie es weiter ging, aber an diese Geschichte konnte ich mich genau erinnern, schließlich konnte ich mich auch verwandeln und es war die letzte Nacht mit ihr, bevor sie starb.

Ich wachte auf und zwei dunkelbraune Augen sahen mich an. Ich wurde gestreichelt und schlief dann wieder ein. Es war so schön warm. Auch wenn meine Mom nicht mehr da war, so ging es mir doch seit einer langen Zeit endlich wieder gut.

Kapitel 8

Es waren zwei Wochen vergangen, als uns meine Eltern besucht hatten. Wir haben die Abende regelmäßig wiederholt, damit Sam langsam an Andere gewöhnt wird.

Er entspannte sich immer mehr in der Gegenwart von dem Rudel und heute gingen wir sogar ein Stück über unser Gelände. Er wusste offensichtlich, dass ihm hier keine Gefahr drohte.

Mein Gefährte ging in seiner Wolfsgestalt neben mir her und sah sich aufgeregt um. Er war ja auch eine ganze Weile nicht mehr draußen, außerdem musste er erst einmal alle Gerüche aufnehmen. Es war alles neu für ihn und ich gab mir die größte Mühe, um ihn nicht zu erschrecken. Ich war selbst überraschte, dass ich und mein Wolf so geduldig waren, aber es war unser Gefährte und es sollte ihm gut gehen. Wenn dies bedeutete, dass er erst mehrere Monate brauchte, um sich zu verwandeln, war dies in Ordnung. Auch wenn mich der Gedanke schmerzte. Ich seufzte und schaute in den blauen wolkenlosen Himmel.

Sam trat näher und schmiegte sich an meine Beine. Er spürte offenbar meinen Unmut. Ich kraulte ihn hinter seinem Ohr und wir gingen am See entlang. Es wurde langsam Abend und deshalb führte unser Weg uns zurück nach Hause.

Es würden heute wieder meine Eltern, sowie Hannes und Luis zu uns kommen. Meine Mutter macht heute Lasagne und da ich dieses Gericht schon tausend mal gegessen hatte und immer noch nicht davon bekommen konnte, konnte ich mit Sicherheit sagen, dass dies die beste Lasagne auf der Welt war. Schon als Kind gab es mindestens einmal die Woche den Auflauf und das war wahrscheinlich auch der Grund warum Hannes und Luis dazu kommen wollten. Die Beiden waren mindestens genauso vernarrt in dieses Gericht.

Wir waren gerade im Haus angekommen, da stürmten auch schon mein Beta und Vollstrecker hinein. Sam lag schon vor dem Kamin und guckte nur kurz, wer ihn beim dösen störte. Es war ein gutes Zeichen, denn es sagte, dass er sich langsam eingewöhnt hatte und empfand die Beiden nicht mehr als Bedrohung.

Etwas später kamen dann noch meine Eltern dazu. Meine Mutter stellte sich sofort in die Küche und fing an zu zaubern. Wenige Augenblicke später duftete es wie in einem italienischen Restaurant. Die Mägen von uns fingen an zu knurren, was meine Mutter nur schmunzeln ließ.

Mein Gefährte gesellte sich in die Runde und legte sich wieder auf meine Füße. Hätte man nicht gewusst, dass er in wirklich eine menschliche Gestalt besitzt, hätte er als Hund durchgehen können, da dies aber nicht der Fall war, war diese Tatsache allerdings für uns Wandler schockierend. Mich stimmte dies traurig, denn er musste eine lange Zeit in der Gestalt des Wolfes geblieben sein, wenn er nicht mehr wusste, wie man sich bewusst verwandelte und wenn es schon soweit war, dass er die Züge der Hunde übernommen hatte, mit denen er eingesperrt war, machte uns alle nachdenklich.

Da Sam auf meinen Füßen lag und ich nicht aufstehen wollte, ging Luis die nächste Runde Bier holen. Sie verstanden alle, dass ich meinen Gefährten nicht allein lassen wollte und wir gegenseitig die Nähe des anderen brauchten.

Das gekühlte Bier wurde abgestellt und zusammen stießen wir noch einmal an. Es dauerte nicht lange und es wurde eine riesige Schale mit Lasagne vor unsere Nasen gestellt. Meine Mutter hatte eine extra Portion für Sam gemacht, die schon etwas auskühlte und zur selben Zeit auf den Boden gestellt wurde, während wir anfingen mit essen.

Das Essen war wieder so gut, dass keiner sprach

und wir schlangen alle die Köstlichkeit hinunter. Auch meinen Gefährten schmeckte es offensichtlich, denn er war schneller fertig als wir alle zusammen. Er machte große Fortschritte. Sam hatte sogar einige Kilo zugenommen und sah nicht mehr nur nach Haut und Knochen aus. Mein Gefährte war satt und rollte sich wieder zu meinen Füßen zusammen und fing an zu schlafen. Er brauchte unglaublich viel Schlaf, aber dies war auch nicht verwunderlich, da sein Körper viel zu verarbeiten hatte. Unsere Körper heilten zwar schneller als die der Menschen, aber bei solch beachtlichen Wunden und der Vernachlässigung des Körpers und dessen Grundbedürfnisse, brauchte er einfach viel länger.

Als wir fertig waren mit Essen machten wir uns an den Abwasch. Meine Eltern verabschiedeten sich währenddessen und Sam machte es sich wieder einmal vor dem Kamin, auf seiner Decke bequem.

„Ich weiß echt nicht wie du es so lange aushältst." Hannes sah mich gespannt an und wartete auf meine Antwort.

„Er braucht einfach noch etwas Zeit, diese lasse ich ihm einfach."

Luis sah mich verständnisvoll an und ich war ihm dankbar. „Ich meine ja nur. Du hast auch Bedürfnisse und da ist immer noch der Drang sich an deinen Gefährten zu binden."

Luis boxte ihn in die Seite und schon war er still. Ich konnte Hannes verstehen, er hatte recht. Ich spürte jeden Tag das Bedürfnis mich mit meinem Gefährten zu verbinden und ich kämpfte jeden Tag aufs Neue dagegen an. Das Wohl meines Gefährten stand nämlich über allem und ich wollte auf keinen Fall, dass er sich bedrängt fühlte.

Ich versuchte den Beiden dies zu erklären. Hannes schnaubte nur und entschuldigte sich. Luis klopfte ihn dabei auf die Schulter, als würde er einen kleinen Jungen loben. Schmunzelnd sah ich ihnen beim rangeln zu, dies war auch eine Eigenart des Wolfes, obwohl ich mir sicher war, das sie dies auch tun würde, wenn wir keinen Wolf in uns tragen würden. Mein Beta und der Vollstrecker neckten sich einfach gerne und das noch bevor sie diese Position bezogen hatten.

Die ganze Aktion ging ganze zehn Minuten und ich räumte während dessen das saubere Geschirr in die Schränke.

Nach getaner Arbeit setzten wir uns auf die Wohnlandschaft, mit einem Bier in der Hand, und redeten über das Rudel. Schließlich war unser aller Job eine 24 Stunden Aufgabe.

Es war schon spät und der Mond schien in die Wohnküche. Das Feuer hatte sich in ein feines

Glühen verwandelt. Es war schön warm hier drin geworden und ich sah entspannt zu meinem Gefährten hinüber, der immer noch auf seiner Decke lag und schlief.

Erschrocken stand ich auf und traute meinen Augen kaum.

Hannes und Luis waren sofort in Alarmbereitschaft und bereit mich zu verteidigen und an meiner Seite zu kämpfen.

Sie folgten meinem Blick und starrten auf die zierliche Gestalt die vor dem Kamin lag.

Zusammengerollt lag dort mein Gefährte, aber nicht als Wolf, sonders als Mensch. Er hatte sich zurück verwandelt. Seine Atmung war ruhig und regelmäßig. Wahrscheinlich hatte er es unbeabsichtigt getan und auch nur, weil er wusste, dass ihm nichts passieren würde.

Meine Freunde starrten ihn immer noch an und ich realisierte nun jedes Detail.

Mein Gefährte war nackt und zwei Männer starrten ihn auch noch an. Ein Knurren schlüpfte aus meiner Kehle und wollte diese Bedrohung von Sam beseitigen. Offensichtlich bemerkten Hannes und Luis den Gemütszustand meines Wolfes und zogen sich zurück, ohne noch einen weiteren Blick auf meinen Gefährten zu wagen. Gut so, ich knurrte noch einmal, um meinen Standpunkt zu verdeutlichen.

Die Atmung meines Gefährten beschleunigte sich und ich ging langsam auf ihn zu.

Kapitel 9

Es war ein schöner Abend. Alles war ruhig und ich wurde von meinem Gefährten umsorgt. Es waren auch wieder Hannes und Luis da, die ich langsam leiden konnte. Ich glaubte ihnen, dass sie weder für mich noch für Nathan eine Bedrohung darstellten.

Mein Gefährte lud nun fast jeden Tag jemanden ein, wahrscheinlich damit ich mich daran gewöhnen konnte, schließlich kannte ich ja niemanden.

Seine Eltern waren auch sehr nett, seine Mutter konnte wahnsinnig gut kochen, obwohl alles besser schmeckte, als was ich in meiner Zeit in dem Zwinger zu mir genommen hatte.

Vollgefressen und erschöpft legte ich mich vor den Kamin. Meine Augen fielen mir zu und ich schlief ein.

Ich träumte von Nathan. Diesmal war ich aber, zu meinem Entsetzten, nicht in meiner Wolfsgestalt, sonders ich war ein Mensch. Hatte kein Fell, keine Rute, keine Schnauze. Ich lag mit ihm in dem großen Bett, in dem ich auch in meiner anderen Gestalt schlafen konnte, damit ich Nathan möglichst nah war. Es war weich und ich konnte unter meinen Finger die feine Bettwäsche fühlen. Nathan strich mir über die Haut und sah mich mit diesen liebevollen dunkelbraunen Augen an. Er küsste mich auf den Scheitel und sagte mir, dass er sich nie sattsehen konnte.

Fragend hob ich die Augenbrauen. Er lächelte mich nur an und streichelte mich weiter. Ich bekam eine Gänsehaut und es schüttelte mich. Meine Atmung beschleunigte sich und ich konnte hören, dass Nathans Herz ebenfalls schneller schlug.

Wir fühlten dasselbe, waren im Einklang und genossen die Nähe des Anderen auf vielen verscheiden Ebenen. Es war, als wären wir verbunden. Ich schloss genüsslich meine Augen, wollte nie wieder aufwachen. Hatte solange keine Berührung auf meiner Haut gespürt, war zu lange ein Tier.

Aber wie jeder Traum musste auch dieser enden und ich wachte langsam auf. Ich blinzelte in die Glut im Kamin. Musste mich erst einmal orientieren. Das Zimmer sah anders aus, als hätte sich mein Blickwinkel verändert.

Die Erkenntnis überrollte mich und mein Herzschlag beschleunigte sich, Panik erfasst mich. Ich hatte mich zurück verwandelt. Mein Vater hatte mir dies verboten. Nur ein paar Mal hatte ich es ausversehen ausgelöst, ohne dass ich etwas dagegen unternehmen konnte.

Hinter mir nahm ich ein Knurren war und ich fing an zu zittern, macht mir Gedanken was jetzt passieren würde. Hunderte Gedanken rasten durch meinen Kopf, einer schlimmer als der andere. Schritte näherten sich und ich dachte schon die Stimme meines Vaters zu hören. Gleich würde ich wieder Schmerzen ertragen müssen. Schnell setzte ich mich auf, versuchte von ihm weg zu kommen, wurde aufgehalten.

Etwas Weiches legte sich um meine Schultern. „Alles gut." Nathan. Mein Nathan.

Es war nicht mein Vater, der mit mir in einem Raum war, es war auch nicht kalt und stank. Nein, es war warm und mein Gefährte war bei mir. Meine Atmung verlangsamte sich wieder und als sich die Arme von Nathan um mich legten, lehnte ich mich gegen ihn. Fühlte mich geborgen und sicher.

Wir saßen eine Eile auf dem warmen Boden und der Kamin spendete uns noch ein wenig von der übrig gebliebenen Wärme. Langsam drehte ich mich um, denn Nathan sagte nichts mehr. Seine dunkelbraunen Augen lagen auf mir und sahen mich an, beobachteten jede Regung von mir.

Nathan stand auf und hob mich hoch, ich war zu

geschockt um zu reagieren. Wartete was als nächstes passieren würde.

„Lass uns ins Bett gehen, es war ein langer Tag. Findest du nicht auch?" Er küsste meine Nasenspitze und trug mich durch das riesige Zimmer, wo sich die Küche, der Tisch und ein großes Sofa befand. Die Tür zum Schlafzimmer war angelehnt und mein Gefährte stieß diese mit der Hüfte auf, machte sie mit einem Fußtritt wieder zu und mir wurde ganz warm im Gesicht. Was würde passieren, warum war ich so aufgeregt. Er war doch mein Gefährte, mir würde nichts passieren, aber in meinem Magen rumorte es, aber auf eine gute weise. Mir fiel wieder etwas ein, was meine Mutter mal erwähnt hatte.

Mom hatte immer gesagt wenn man verliebt ist, hat man Schmetterlinge im Bauch. Besorgt sah ich an mir hinunter und legte meine Hände auf meinen Bauch.

Nathan bemerkte meine Zweifel und Bewegung sofort und sah mich fragend an.

„Alles in Ordnung Engelchen?" Ich blickte wieder zu meinen Gefährten und sah seinen besorgten Blick.

Jetzt würde ich die ersten Worte sagen. Nach so langer Zeit, nach meiner ersten Verwandlung hatte ich nie wieder die Gelegenheit bekommen zu sprechen. Aber ich wollte meinem Gefährten versichern, dass bis auf die Tatsache, dass im meinem Bauch nun Schmetterlinge waren nichts passiert war. Ich befeuchtete meine Lippen und versuchte die richtigen Worte zu finden.

„Bauch…" Meine Stimme war kratzig und es tat etwas weh. Aber ich versuchte es weiter. Immer weiter für den einen Menschen in meinem Leben.

„Es sind nur Schmetterlinge im Bauch." Nathan sah mich belustigt an und musste sich offensichtlich ein Lachen verkneifen. Ich fand das gar nicht komisch, was ist denn, wenn die Schmetterlinge für immer da drin blieben.

„Es freut mich das du so empfindest mein Gefährte." Mit großen Augen sah er mich an. „Es bedeutet, dass du aufgeregt bist und die Nähe zu mir gut findest. Du spürst, dass wir Gefährten fürs Leben sind."

„Mom hat gesagt, man hat Schmetterlinge im Bauch wenn man liebt." Das Gesicht meines Gefährten fing an zu strahlen und steckte mich an.

„Du hast recht Sam. Ich hab auch Schmetterlinge im Bauch. Ich lieb dich auch."

Wäre ich noch in meiner anderen Gestalt, würde ich mit der Rute wedeln. Ich freute mich über diese Worte. Aber was ist wenn Nathan seine Schmetterlinge auch nicht mehr hinaus bekommt.

Werden wir dann krank? Ich erklärte ihm meine Sorgen und in seinem Gesicht spiegelten sich Verwirrung und Sorge wieder. Aber nur kurz, danach sah er mich wieder mit so einer Liebe im Blick an, dies hatte ich bis jetzt nur bei meiner Mutter gesehen.

„Das sagt man nur so. Es sind keine echten Schmetterlinge in unserem Bauch."

Verwirrt nahm ich meine Hände von meinem Bauch und sah meinen Gefährten an, der mich noch immer in seinen Armen hatte.

„Wie lange warst du denn in deiner Wolfsgestalt?" Ich dachte kurz nach, da ich das Zeitgefühl verloren hatte.

„Ich war sechs." Die schokoladen farbigen Augen weiteten sich.

„Also kurz nach dem du zu deinem Vater gekommen warst." Nathan flüsterte zwar, doch ich konnte ihn trotzdem verstehen. Er wusste also, dass dieser grausame Mann mein Vater war. Es war zwar keine Frage gewesen, doch ich nickte.

Nathan legte mich vorsichtig, noch in die Decke gewickelt, auf das Bett und schob zusätzlich eine dickere Decke über mich.

Mein Gefährte zog seine Schuhe und Hose aus und stieg ins Bett. Er legte sich genau hinter mich und ich konnte mich in seine Berührung legen.

Wollte seine Nähe noch einmal spüren.

„Sam. Wenn du dich mit 6 Jahren verwandelt hast, ist dies schon 16 Jahre her."

Ich blieb geschockt liegen und starrte auf die Wand vor mir. 16 Jahre war ziemlich lang. Ich hatte nichts von meiner Jugend gehabt, hatte nicht in die Schule gehen können, weil ich mich in meiner Tiergestalt befunden hatte. Meine Mom hatte mich schon in eine Schule eingeschrieben, kurz bevor sie gestorben war, aber dann musste ich zu meinen Vater und eins führte zu anderen.

Ich merkte erst, dass ich zitterte, als mir Nathan die liebsten Worte in Ohr flüsterte, die ich jemals gehört hatte.

Mit der Wärme meines Gefährten und der süßesten Stimme in meinem Ohr schlief ich in den Armen meines Gefährten ein. Ich schlief diese Nacht, trotz schockierender Erkenntnisse und ohne Albträume. Ich wachte erst am nächsten Morgenauf, in derselben Stellung, wie ich eingeschlafen war. Die Sonne schien durch das Fenster und ich sah in die Augen meines Gefährten, der mich wohl im Schlaf beobachtet hatte. Ich lächelte und er schob mir ein paar verirrte Haarsträhnen aus dem Gesicht. Alles würde besser werden. Es war egal was mit mir passiert war, wie lange ich in meiner anderen

Gestalt verbracht hatte, denn mein Nathan war bei mir und nur das zählte.

Kapitel 10

Ich hatte meinen Gefährten die ganze Nacht über im Arm gehalten. Seine Atmung blieb konstant und er hatte die erste Nacht überstand und dies ganz ohne Albträume. Dies war das erste Mal gewesen, seit er bei mir war. Sonst war er mindestens einmal die Nacht passiert, dass er mich weckte, mit einen Winseln und einer unregelmäßigen Atmung, aber diese Nacht schlief er ruhig in meiner Umarmung.

Die Sonne war gerade erst aufgegangen und schien auf das Gesicht meines Gefährten. Er war wunderschön. Zarte, weiche Haut überzog seinen Körper und seine samtigen Haare wirkten in den Licht der Sonne fast weiß.

Ich küsste ihn auf den Scheitel, versuchte ihn dabei nicht zu wecken. Er hatte sich seinen Schlaf redlich verdient. Zum ersten Mal hatte er sich verwandelt, ich war unglaublich stolz auf ihn. Seine Stimme war rau und kratzig gewesen, aber das war ja kein Wunder, angesichts der langen Zeitspanne, in welcher er sich in seiner Wolfsgestalt befunden hatte.

Sechszehn Jahre war er kein Mensch mehr gewesen, hatte keine unbeschwerte Kindheit gehabt, wie die Kinder in unserem Rudel. Er hatte die schlimmsten Seiten des Lebens gesehen und doch lag er hier bei mir. Sichtlich mit Verletzungen und einer Menge Ballast auf seinen Schultern, aber er überwand eine Schwäche nach der Anderen. Ich konnte mich glücklich schätzen, einen so starken Gefährten zu haben.

Die Zeit verging und ich beobachtete Sam dabei wie er langsam munter wurde. Seine blauen Augen gingen auf und suchten meinen Blick. Verliebt lächelte ich ihn an und meine unteren Regionen regten sich, bei dem zarten Rosa, welches sich auf dem Gesicht meines Gefährten abzeichnete. Seine Nähe zu mir tat ihr übriges. Ich versuchte mich zusammen zu reißen, dachte nicht zu sehr darüber nach, dass er unter der Decke rein gar nichts anhatte.

Ich wünschte meinem Engel einen guten Morgen und küsste ihn noch einmal auf seinen Kopf, strich ihn ein paar verirrte Haarsträhnen aus dem Gesicht, musste seine wunderschönen blauen Augen noch einmal richtig sehen. Wenn ich nicht aufpasste, würde ich mich noch in ihnen verlieren.

„Morgen." Seine Stimme klang schon nicht mehr so kratzig wie am Abend zuvor. „Ich hab gut geschlafen. Dank dir." Verschlafen rieb er sich seinen Schlafsand aus den Augen. Er war zum niederknien. Mein perfekter kleiner Gefährte.

„Es freut mich dass du gut geschlafen hast."

Sam vergrub seinen Kopf unter meinem Kinn und suchte Instinktiv meine Nähe. Ich drückte ihn noch ein Stückchen näher an mich heran.

„Will das Bett noch nicht verlassen." Seine Stimme klang gedämpft, aber ich konnte sie mit meinem guten Wolfsgehör trotzdem verstehen. Seine Worte ließen mich schmunzeln.

„Ich muss noch etwas Arbeit erledigen." Traurige Augen sahen mich von unten an und ich wäre beinahe eingeknickt, aber die Papiere stapelten sich schon seit ein paar Tagen auf meinem Schreibtisch und verlangten nach meiner Aufmerksamkeit. Ich war sichtlich in Gedanken versunken, das ich nicht merkte, was Sam machte, bis ich etwas Feuchtes an meinem Hals fühlen konnte. Erschrocken riss ich die Augen auf.

Mein Gefährte leckte mich ab und hatte genüsslich seine Augen dabei geschlossen. Ich wollte ihn wegdrücken, aber ich hatte nicht die nötige Kraft dafür. Wieso auch, mein Wolf bettelte darum, dass wir unseren Gefährten in Besitz nahmen. Wieso also nicht jetzt? Während ich überlegte, schoben sich kleine Hände unter mein Shirt und streichelten zärtlich über meine Haut.

Bilder eines verletzten Wolfes spulten sich in

meinem Kopf ab und die Worte von gestern Abend spuckten durch mein Hirn. Sechszehn Jahre. Mein Gefährte war noch nicht soweit, hatte noch nicht einmal zur Schule gehen können, hatte keine Ausbildung, hatte keine Erfahrung im Leben, auch nicht in der Liebe. Hatte keinen vor mir geküsst, keinen so zärtlich über die Haut gefahren wie bei mir. Bei dem Gedanken, dass Sam einen anderen Mann so liebkostete, kam der Wolf an die Oberfläche und ein Knurren kam über meine Lippen.

Ich schob meinen Gefährten von mir weg und sofort stach es in meiner Brust. Große blaue Augen sahen mich an und beobachten jede meiner Bewegungen und Regungen. Als ich nichts sagte, sah mich Sam traurig an und wäre er jetzt in seiner anderen Gestalt, hätte ich schwören können, dass seine Ohren betrübt nach unten gingen. Aber dies war egal, mein Gefährte musste erst einmal so viel lernen. Lernen zu lesen, zu schreiben, wie man jemanden vertraute.

Schnell stand ich auf und verließ das Bett. Ich griff in aller Eile nach einer Hose und rannte förmlich aus dem Raum.

Ich ließ die Tür ins Schloss fallen, atmete einmal tief durch und ging mit schnellen Schritten zu dem Haupthaus des Rudels. Erst einmal musste ich einen kühlen Kopf bekommen und was half besser als die Arbeit, die in meinem Büro auf mich wartete.

Kapitel 11

Als Nathan mich von sich geschoben hatte, war ich wie paralysiert. Konnte mich nicht bewegen, nicht atmen, stumme Tränen liefen mein Gesicht hinunter. Die Tür war ins Schloss gefallen und es war, als hätte mein Herz aufgehört zu schlagen. Ich bekam keine Luft mehr, schnappte nach Sauerstoff, aber es war als würde mein Körper sich weigern etwas zu sich zu nehmen.

Ich hatte keine Ahnung wie lange ich schon so da lag, aber irgendwann hatten die Tränen aufgehört zu fließen und meine Atmung ging flach, aber ich schnappte zu mindestens nicht mehr panisch nach Luft. Es kostete mich alle Kraft der Welt aufzustehen, aber ich drückte mich mit meinen Armen nach oben und stieg aus dem Bett. Ich war wie benebelt, musste mich erst einmal orientieren. Sah mich in dem Zimmer um, was mein Zufluchtsort geworden war. Jetzt fühlte es sich nicht mehr danach an, es war kalt und mein Körper fing an zu zittern. Nathan, mein Gefährte, hatte mich zurück gewiesen. Er war einfach gegangen. Erneuter Schmerz stach in meiner Brust und ich keuchte und sank auf den Boden. Mein Kopf ruhte auf meinen Knien und ich kniff die Augen zusammen. Nichts hatte mir mehr wehgetan wie dieser Moment. Selbst die Schläge meines Vaters und der Tod meiner Mutter waren nicht so schlimm gewesen, wie von seinem Gefährten verlassen zu werden.

Sammy, immer wenn du fällst musst du wieder aufstehen. Sonst kannst du keinen Schritt nach dem anderen machen. Steh auf, auch wenn du deine Knie und Hände aufgeschlagen hast. Deine Wunden werden heilen und wenn das passiert ist, bist du schon ganz weit gelaufen und hast die schönsten Dinge gesehen, die die Welt zu bieten hat. Lauf immer weiter und irgendwann wird es nicht mehr so sehr weh tun. Im Moment kommt es dir wie das Schlimmste auf der Welt vor, aber das ist es nicht.

Die Stimme meiner Mutter hallte in meinen Ohren wieder. Ich hob meinen Kopf, atmete einmal durch und stand auf. Ich öffnete die Tür und trat hinaus. Die Sonne schien durch die riesigen Fenster, die auf den See gerichtet waren. Das warme Licht erfüllte den Raum. Ich machte einen Schritt nach dem anderen und befolgte den Rat meiner Mom. Ich blinzelte, als mir die Sonne ins Gesicht schien und eine kühle Brise wehte um meinen Körper. Ich atmete noch einmal tief durch, nahm die verschiedensten Gerüche auf. Es schmerzte zwar immer noch in meiner Brust, aber es fühlte sich nicht mehr wie das Ende der Welt an.

Meine Füße standen nun im Gras und ich hatte dieses Gefühl beinahe vergessen. Als Kind hatte ich immer barfuß auf dem Rasen getanzt, hatte den Glühwürmchen und Schmetterlingen hinterher gejagt und hörte im Hintergrund das Lachen meiner Mutter.

Ich wischte mir eine einzelne Träne aus dem Gesicht und schniefte, machte noch einen Schritt und verwandelte mich in meine andere Gestalt.

Knochen knackten und ordneten sich um. Fell wuchs und meine Nase wurde noch feiner. Konnte die Tannen und Kiefern riechen, die einen unverwechselbaren Duft hatten. Atmete den Geruch der Hasen, Mäuse und Eichhörnchen ein, die im Unterholz wohnten. Ich fing an zu rennen und nahm alles in jeder kleinsten Regung war. Der Wald war satt und gesund. Der Wind wehte leicht durch das Blätterdach über mir und einzelne Sonnenstrahlen fanden ihren Weg, bis auf den moos übersäten Waldboden. Ich rannte und rannte, bis ich nicht mehr konnte. Die Zunge hing schon aus meinem Maul und ich war froh das plätschern von Wasser zu hören. Ich kam an einem Bach an und trank gierig das kalte Bergwasser.

Meine Pfoten trugen mich den Berg hinauf und es

wurde deutlich kühler. Meine feine Nase führte mich zu einem Kaninchenloch, wo ich mir mein Abendessen fing. Die Sonne ging langsam unter und ich sah mir den wunderschönsten Sonnenuntergang in meinem Leben an.

Kräftiges Rot schlug in lila und blau um. Die Sonne verschwand allmählich und gab den Blick auf eine wundervolle sternenreiche Nacht frei.

Unter dem Mond suchte ich mir einen Platz zum schlafen. Eine Höhle tat sich auf und ich legte mich nahe dem Eingang hin, mit Blick auf die Umgebung. Ich erinnerte mich an die Geschichte meiner Mutter und an die Frau, welche sich in den Wäldern verwandelt hatte.

Dass viele herumlaufen hatte mich müde gemacht. Meine Augen fielen zu und ich schlief unter den strahlenden Sternen ein.

Mitten in der Nacht wachte ich auf und hörte ein anderes Tier, es war mir schon ziemlich nah. Langsam erhob ich mit und zog mich in den Schatten der Höhle zurück.

Ich konnte einen anderen Wolf erkennen und der Geruch kam mir bekannt vor. Ich hatte ihn zwar noch nie so intensiv wahrgenommen, aber es war einer der Freunde von Nathan.

Kastanienbraunes Fell schimmerte durch den Mond hell auf und ich machte einen Schritt in seine Richtung. Luis bemerkte mich und sah mir in die Augen.

Er kam zu mir und setzte sich vor mich hin. Ich knurrte ihn an und versuchte wieder auf Abstand zu gehen. Auch wenn sein Wolf keine aggressive Aura ausstrahlte, so hatte ich doch noch nie einen Gleichgesinnten getroffen und war mehr als verunsichert, ihn jetzt in dieser Gestalt gegenüber zu stehen.

Luis verwandelte sich in einen Menschen zurück und beobachtete mich genau.

„Sam ich werde dir nichts tun. Du bist der Gefährte unseres Alphas und damit ein sehr wichtiger Teil unseres Rudels." Ich richtete meine Ohren nach vorn und versuchte jedes Wort wahrzunehmen, welches aus diesem Mund kam. Luis bemerkte dies und lächelte mich zart an.

„Würdest du dich zurück verwandeln, damit wir uns unterhalten können?" Ich musste einen Moment überlegen. Ich hatte mich schließlich noch keinem in dieser Gestalt gezeigt, außer natürlich Nathan. Die ganze Situation verunsicherte mich, aber ich machte einen Schritt nach vorn und verwandelte mich in zurück.

Sofort wurde mir kalt. Luis hatte schon daran gedacht und machte uns ein Feuer an, aus den Zweigen die am Höhleneingang herum lagen.

„Warum bist du weggelaufen? Nathan macht sich große Sorgen um dich und hat das ganze Rudel zur Suche eingesetzt."

Ich schlang meine Arme um meinen Körper und versuchte den erneuten Schmerz in meiner Brust abzuwenden. Erneut liefen mir Tränen. Was sollte nur Luis von mir denken?

„Was ist passiert?" Tränenverschleiert sah ich den Mann mir gegenüber an. „Er will mich nicht." Vier kleine Worte, die mein Leben in dieses innere Chaos verwandelt hatten.

„Wieso sollte dich Nathan nicht wollen? Ihr seid Gefährten, er würde alles für dich tun. Er hat das ganze Rudel für die Suchaktion nach dir in Betrieb gesetzt. Er hat dich von deinem Vater befreit. Glaub mir Sam, Nathan will dich."

„Wieso hat er mich weggestoßen?" Ich war aufgesprungen und schrie Luis an. Weitere Tränen liefen meine Wangen herunter und ich sank zum Boden. Bedeckte mein Gesicht mit meinen Händen und weinte wegen diesem Schmerz.

„Nathan hat Angst um dich. Er will dir Raum geben. Er will dich nicht überfordern, es war nicht seine Absicht dich abzuweisen. Er will dich als

Gefährten, sehnt sich danach. Aber die Tatsache, dass du von deinem Vater in der Wolfsgestalt gehalten wurdest und nichts vom Leben hattest hält ihn zurück. Er will dir Luft zum atmen geben." Mit großen Augen sah ich ihn an. Überlegte fieberhaft ob ich etwas falsch verstanden hatte, versuchte die Situation aus Nathans Augen zu sehen.

Vielleicht hatte Luis recht und ich hatte es ganz falsch verstanden.

„Ich hab ihn verlassen." Erschrocken schnappte ich nach Luft. Luis kam zu mir und streichelte mir über den Rücken, der einige Narben davon getragen hatte, als mich mein Vater ausgepeitscht hatte. Aber ich würde jede Narbe, jede Wunde, jeden Schmerz noch einmal durchmachen, um bei Nathan zu sein.

„Er wird dir verzeihen, schließlich sucht er nach dir. Er macht sich Sorgen um dich. Und wenn er sich Sorgen macht, dann kann das Rudel auch keinen klaren Gedanken fassen. Wir gehören schließlich zusammen und sind füreinander da." Solch schöne Worte, ich war nicht mehr allein. Hatte Leute, die sich um mich sorgten und mich zurück wollten. Das alles fühlte sich richtig an.

„Können wir zurück?" Vorsichtig sah ich Luis in die Augen und erblickte in diesen eine aufblühende Freundschaft.

„Wenn du bereit bist." Ich nickte und er half mir auf die Beine. Er löschte das Feuer und wir machten uns in unserer Wolfsgestalt zurück. Wir gingen nach Hause, zu meinem Nathan. Ich konnte nicht mehr warten und beschleunigte noch einmal. Meine Atmung ging schnell und ich ignorierte das Getier im Unterholz, welches in der Nacht heraus kam.

Neben mir lief Luis und stand an meiner Seite, als ich Nathan von weiten sah. Er ging unruhig auf und ab und als er mich ebenfalls sah starrten wir uns an. Das Luis sich zurück zog, bekam ich schon nicht mehr mit.

Kapitel 12

Der Tag im Büro ging schnell vorbei, zudem hatte sich meine Aufregung augenblicklich gelegt, als ich den großen Berg auf meinem Tisch sah.

Luis kam am Vormittag zu mir und brachte mich wieder auf den aktuellen Stand im Rudel.

Kurz vor dem Mittag erzählte ich meinem Beta und dem Vollstrecker die Lage in meinem Haus. Die Beiden lobten mich für mein Durchhaltevermögen und schlugen mir auf die Schultern. Gemeinsam arbeiteten wir weiter. Ich schickte Luis zu meinem Haus, damit mein Gefährte ein Mittagessen bekam. Ich wollte, dass er jeden Tag drei Mahlzeiten zu sich nahm. Es beruhigte mich wenn er gut umsorgt war.

Mein Beta war eine Weile weg und so machte ich mich mit meinem Vollstrecker an die letzten Papiere. Die Rudelverbindung in unseren Gedanken macht mich stutzig.

Etwas stimmte nicht, konnte aber noch nicht sagen woher diese Sorge kam. Auf einmal konnten wir Schritte hören, als Füße auf der Treppe aufschlugen. Mein Beta hastete durch das Haus und öffnete die Tür zum Büro. Ehrliche Sorge spiegelte sich in dessen Gesicht und ich war sofort in Alarmbereitschaft.

„Er ist nicht im Haus. Hab versucht seiner Spur zu folgen, diese führt in den Wald." Luis musste einmal tief durchatmen, mir blieb derweil die Luft zum atmen weg. Was hatte ich getan?

Mir fiel es wie Schuppen von den Augen. Ich hatte heute Morgen meinen Gefährten weg geschoben und war einfach gegangen. Ich wollte ihn zwar nur beschützen und ihm Freiraum lassen, damit er seine Handlungen und Geschehnis verarbeiten konnte, aber für ihn musste es so aussehen, als würde ich ihn nicht wollen.

Was wenn er nicht mehr zu mir zurück kam? Hatte ich ihn jetzt für immer verloren.

„Er kann noch nicht weit sein. Der Duft war noch frisch." Hannes sprach währenddessen mit meinem Beta und ich sammelte meine Gedanken. Versuchte wieder Luft in meine Lungenflügel zu bekommen.

Zugegeben ich hatte es verbockt, aber ich würde alles tun, damit ich meinen Gefährten wieder im Arm halten konnte. Schnell stand ich auf und startete einen Rundruf durch das Rudel. Alle halfen mit und zusammen nahmen wir den unverwechselbaren Duft meines Gefährten auf. An einem Bach angekommen verschwand die Spur und unsere Nasen fanden nichts. Der Wind und das Wasser hatten unsere Spur zunichte gemacht. Wir teilten uns auf und suchten großräumig das Gebiet ab.

Die Nacht brach herein und meine Hoffnung sank. Nein, so durfte ich nicht denken, musste einfach weiter machen. Für Sam. Für meinen Gefährten.

Ich weiß nicht wie viel Zeit verging, aber die Stimme meines Betas meldete sich.

Habe ihn gefunden.

Ich atmete erleichtert aus. Bald konnte ich ihn wieder in die Arme schließen und ihn um Entschuldigung bitten.

Ich bin unterwegs. Wo seid ihr?

Ich wartete auf eine Antwort. Die Zeitspanne war zu lang und ich knurrte frustriert.

Bleib kurz weg. Er braucht etwas Zeit. Ich bringe ihn sicher zu dir zurück.

Mein Wolf war nicht einverstanden, dass Luis und mein Gefährte allein im Wald waren, aber ich zwang mich nicht zu ihnen zu gehen. Ich rief das Rudel zurück, danke allen für die Hilfe und machte mich auf den Weg nach Hause.

Ich war erschöpft. Nachdem ich mich zurück verwandelt hatte, zog ich mir etwas an und wartete ungeduldig auf die Rückkehr meines Gefährten.

Es fühlte sich an, als wären schon Stunden vergangen, was nicht sein konnte, da der Mond fast noch immer an derselben Stelle am Himmel stand. Ich ging auf und ab, wurde immer nervöser.

Der Wind drehte sich und ein ganz spezieller unvergesslicher Duft wehte mir in die Nase- Sam.

Ich drehte mich um und sah ihn. Meinen Gefährten.

Sein weißes Fell leuchtete in dem Licht des Mondes und seine zierliche Gestalt schwebte förmlich über das weiche Gras. Ich hatte nur noch Augen für ihn.

Luis hatte ihn zu mir gebracht und sich dezent zurück gezogen.

Der weiße Wolf stand nun vor mir und verwandelte sich in den schönsten Mann, den ich je gesehen hatte. Über seine helle Haut zog sich eine Gänsehaut und seine leuchtend blauen Augen folgten jeder meiner Bewegungen.

Ich zog ihn in meine Arme und atmete tief den Duft meines Gefährten ein. „Es tut mir leid was ich heute Morgen gemacht habe. Ich wollte dich nicht zurück weisen. Wollte dir nur etwas Zeit zum überlegen geben. Bitte geh nicht noch einmal weg."

Mein Gefährte drückte mich weg, sah mir tief in die Augen. Mir stockte der Atem. Sam umfasste mit seinen zarten Händen mein Gesicht und lächelte mich an. „Mir tut es auch leid." Mein kleiner Wolf stellte sich auf die Zehenspitzen, um näher an mich heran zu kommen. Seine Lippen legten sich auf meine und ich genoss zum ersten Mal den Geschmack meines Gefährten. Es explodierte auf meiner Zunge, konnte nicht genug davon bekommen. Wir standen eine Weile so da und lösten uns schließlich wieder voneinander.

„Wir sollten vielleicht wirklich nichts überstürzen." Sam sah mich mit diesen großen Augen an, er zeigte Verständnis und diese reine Liebe spiegelte sich in seinem Gesicht wieder. Mein Gefährte streckte sich noch mal und hauchte mir einen Kuss auf die Lippen. „Du hast recht Gefährte, schließlich haben wir noch alle Zeit der Welt."

Das war das erste Mal, dass er mich als seinen Gefährten bezeichnete, hatte diese Worte zum ersten Mal über seine Lippen gebracht. Mein Wolf heulte vor Freude und ich konnte mich ihm nur anschließen. Der Moment hätte nicht schöner sein können.

Sam zog an meinem Arm und verlangte meine Aufmerksamkeit zurück. Ich folgte ihm ohne Fragen zu stellen. Er ließ mich los und verwandelte sich wieder in seine Wolfsform. Ich tat es ihm gleich.

Knochen brachen und formten sich neu, bildeten die Gestalt meines Wolfes.

Mein Gefährte stand vor mir und wedelte mit der Rute, war bereit für einen Lauf mit mir. Seine Zunge fuhr über meine Schnauze, kniff danach nach mir und rannte entlang des Sees in den Wald. Völlig perplex blieb ich stehen und sah meinen flinken Gefährten hinterher.

Erst als er stehenblieb und mich herausfordernd ansah, machte ich mich auf den Weg zu ihm. Gemeinsam rannten wir durch den Wald, genossen die kühle Nacht. Wir kamen an eine kleine Lichtung und tobten in dem Gras, rangelten mit unseren Wölfen und suchten die Nähe des anderen.

Die Nacht hätte von mir aus niemals enden können, aber als Sam gähnte gingen wir langsam zurück zu unserem Haus.

Wir verwandelten uns zurück und genossen die warme Dusche. Unsere Körper rieben sich aneinander und befriedigt gingen wir ins Bett. Wir kuschelten uns aneinander und schliefen ein, als die Sonne begann auf zu gehen.

Epilog

Es waren ein paar Wochen vergangen und Sam machte weiter Fortschritte. Es war für ihn nicht einfach sich ins Rudel einzufügen, aber ich war die ganze Zeit an seiner Seite und er taute allmählich auf.

Es zauberte mir jedes Mal ein Lächeln ins Gesicht, wenn er sich über die kleinsten Dinge im Leben freute.

Letzten Abend hatten wir hinter unserem Haus gegrillt und er jagte mit den Kindern des Rudels über den Rasen, versuchte schneller zu sein als die Glühwürmchen. Die Kinder lachten und alle hatten ihren Spaß. Ich ließ meinen Gefährten nicht einmal aus den Augen.

Auch wenn wir jetzt miteinander verbunden waren, so konnte ich nicht genug von ihm bekommen.

Vor ein paar Tagen hatten wir es endlich getan und mein Wolf war beruhigt über den Gedanken, dass unser Gefährte das Mal trug.

An seinem Hals trug er einen Abdruck von meinem Biss und auch ich trug seinen, allerdings hatte er mich in die rechte Schulter gebissen. Unser erstes Mal war noch wundervoller gewesen, als ich es mir hätte ausmalen können.

Unsere Körper hatten sich vereint und es fühlte sich an, als wären wir für den jeweils Anderen geschaffen worden. Sein Körper schmiegte sich immer an mich und suchte instinktiv die Nähe zu seinem Gefährten.

Ich liebte ihn und er mich, alles war perfekt. Auch dieser Augenblick, denn Sam lag unter meinem Schreibtisch und döste vor sich hin.

Seinen Kopf hatte er auf meine Füße gebettet, damit er spüren konnte, wenn ich ging. Aber ich hätte eine Ewigkeit hier sitzen können, auch wenn mir irgendwann die Füße einschlafen sollten.

Luis kam durch die Tür und schloss sie leise. Er legte mir ein paar Briefe auf den Schreibtisch und wünschte mir noch einen schönen Tag.

Mein Beta hatte sich mit meinem Gefährten angefreundet, was ich zu Anfang fast nicht ausgehalten hatte, da wir noch nicht verbunden waren, aber danach hatte ich keine Ausrede mehr gegenüber den Beiden parat, warum sie sich nicht treffen könnten wenn ich nicht dabei war.

Eigentlich war ich auch froh, denn Luis brachte Sam lesen und schreiben bei. Sam machte dabei große Fortschritte, auch wenn meine Meinung parteiisch sein könnte.

Ich zwang mich zurück zu meiner Arbeit und bearbeitete die Briefe, die mir mein Beta gebracht hatte.

Nach gefühlten Stunden war ich endlich fertig und bereit für meinen Gefährten, der meine Stimmung gefühlt haben musste, denn er blickte mich mit seinen wunderschönen blauen Augen von unten an und kroch aus seinem kleinen Versteck hervor.

Sam verwandelte sich und stand nackt vor mir. Ich konnte mich daran nicht satt sehen und verlangte nach seinem Körper. Meine Hände wanderten über seinen hellen Körper, der mit der Zeit schon etwas mehr Farbe bekommen hatte. Wir verbrachten so viel Zeit draußen, wie es uns möglich war.

„Ich liebe dich." Diese drei Worte machten mich verrückt. Ich hätte sie noch den ganzen Tag anhören können, aber Sam hatte anderes im Sinn.

Mein Gefährte kletterte auf meinen Schoß und ragte über mir auf. Ich legte meine Hände um sein Gesicht und führte es nah an meins. Seine Lippen legten sich auf meine und die Welt stand still.

Die ganze Welt hätte untergehen können und wir hätten nur Augen füreinander gehabt.

Ich wollte den Rest meines Lebens nur ihn ansehen. Jeden Morgen mit ihm aufstehen. Jeden Abend mit ihm ins Bett gehen und er sollte in meinen Armen einschlafen.

Wir lösten uns voneinander und pure Liebe zeigte

sich auf seinen Zügen.

„Bist du fertig?" Mit einem Lächeln nickte ich und wir setzten unsere Liebkosungen fort, während wir versuchten irgendwie in das Bett zu kommen, welches sich in unserem Haus befand. Die Pfiffe und das Lachen ignorierten wir auf den Weg dorthin. Schließlich war alles perfekt, so wie es war.

Danksagung

Es hat wohl noch nie jemand ein Buch geschrieben und dabei keine familiäre Unterstützung erhalten. Dies ist auch bei mir der Fall. Besonders meine Schwestern haben immer ein offenes Ohr für mich. Ihr seid zwar genauso verrückt wie einfühlsam, aber genau das macht uns einfach unschlagbar und bringt mich immer wieder auf neue Ideen. Mit eurer Geduld, eurem Einfallsreichtum und manchmal einfach nur mit eurer Anwesenheit macht ihr das Leben besser.
Ich kann euch gar nicht genug danken, ohne euch wäre dies alles gar nicht entstanden. Ihr seid die Besten!

Ebenfalls möchte ich mich bei meinen Lesern und Leserinnen bedanken, die dieses Buch gekauft haben. Ich hoffe euch hat die Geschichte gefallen.
Zudem würde ich mich über Kommentare und natürlich auch Anmerkungen freuen.
alice.easton@web.de

weitere Bücher
Die Gefährten der Magier

Die Gefährten der Magier
Alice Easton
Science Fiction, Fantasy & Horror

Die Schule der Magier hat ein hohes Ansehen, jedoch hat Emilio keine großen Kräfte und dementsprechend fällt ihm sein Leben auf der Schule schwer.
Jedoch soll sich dies ändern, denn die Schüler sollen endlich ihren Gefährten beschwören und Emilio bindet womöglich das stärkste Wesen an sich, was es in seiner Welt gibt.
Doch ein Krieg der bereits vor 20 Jahren hätte beendet werden sollen, scheint nun wieder an die Oberfläche vorzudringen.

Emilio und sein Gefährte müssen sich entscheiden welchen Weg sie einschlagen wollen.

Zeitfracht Medien GmbH
Ferdinand-Jühlke-Straße 7
99095 Erfurt, Deutschland
produktsicherheit@kolibri360.de